# 谷崎潤一郎をめぐる人々と着物

## 事実も小説も奇なり

中村圭子／中川春香 著
着物協力 田中翼アンティーク着物コレクション

東京美術

# はじめに

谷崎潤一郎は、「もう少し長生きしたら、ノーベル文学賞を受賞した」と言われ、世界的に評価の高い小説家です。本書は、谷崎文学に登場する人物と、そのモデルにゆかりの着物に焦点をあててみました。

「事実は小説より奇なり」という言葉がありますが、谷崎はその生涯自体が、まさに波瀾万丈で驚愕のエピソードに満ちています。実生活の出来事は作品に反映され、主要な登場人物は実在した人々をモデルに造形されました。

本書では、小説家・中河與一が谷崎潤一郎の生涯を書いた小説『探美の夜』に添えられた田代光の挿絵を用いて、谷崎の人生を辿りつつ、モデルになった人々を紹介していきます。彼等が着用した着物や装飾品の数々も御覧いただきます。

さらに、彼等をモデルとして創作された作品の登場人物の装いを、田中翼氏のコレクションによるアンティーク着物で再現しました。谷崎は着物にこだわりの強い作家で、衣裳は登場人物たちのキャラクター表現の一端を担っています。

社会の枠におさまりきらず、世間から非難と好奇の目で見られることも多かった谷崎の生涯と悪魔的な文学の魅力を、モデルになった人々と、そのゆかりの着物を軸に読み解きたいと思います。

中村圭子

目次



［凡例］

・本書は、弥生美術館で開催される「谷崎潤一郎をめぐる人々と着物―事実も小説も奇なり」展（二〇二二年十月一日～二〇二三年一月二十三日）の図録兼用書籍として刊行したものですが、展示作品・資料で本書に掲載されないもの、また本書に掲載されているが展示されないものも存在します。

・本文の執筆は、画家の解説（9、27、80、100、102頁）および特集（44頁）は中川春香、それ以外は中村圭子が担当しました。「田中翼アンティーク着物」の解説は田中翼が担当し、文末に[T]と記しています。

・本書で引用する谷崎潤一郎作品は、『谷崎潤一郎全集』全二十六巻（二〇一五～二〇一七年、中央公論新社）に基づいており、適宜ふりがなを補いました。「田中翼アンティーク着物」の谷崎作品の引用文（＊）もこれに基づいています。

・谷崎潤一郎作品以外の引用にあたっては、一部の漢字を新字体にあらためました。

・谷崎作品の引用文、あるいは本書解説において、今日の観点からみて差別的と受け取られかねない表現がありますが、作品発表当時の時代的背景を考慮し、掲載しました。

・本書に掲載する「田中翼アンティーク着物」および66頁掲載の岩田ちえ子スタイリングによる着物は、谷崎作品やその舞台となった時代風俗を参考に、アンティーク着物・装飾品を用いてスタイリングしたものです。

# 谷崎潤一郎をめぐる人々

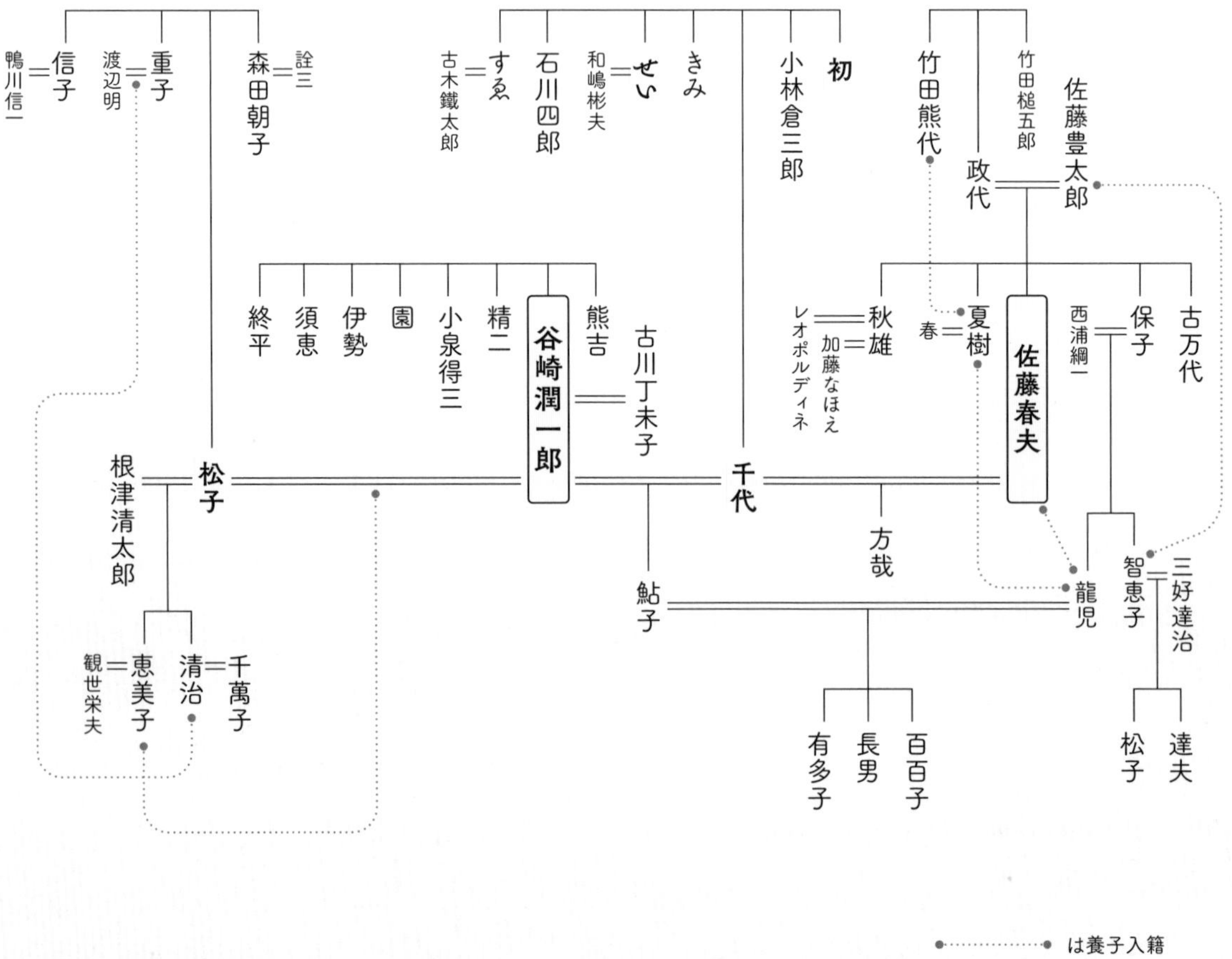

# 第一章

# 初

# 谷崎と初

## 凄みのある美貌に魅せられて

初は、谷崎の最初の妻・千代の姉である。当初谷崎は初と結婚したかったのだが、元芸者で当時「嬉野（きの）」という料理屋を営んでいた初には旦那がいたのであきらめ、代わりに妹の千代と結婚した。初の悪女めいたところに魅力を感じていた谷崎は、妹なら似ているだろうと思って結婚したが、千代は正反対の良妻賢母タイプだったので落胆したという。

全部で七名のきょうだいのうち初が長女で、千代が次女、『痴人の愛』のナオミのモデルとなったせいは四女。初の写真は残っていないが、千代とせいは美しい姉妹だったし、初も評判の芸者になるほどだから美人だったに違いない。

作家・中河與一の小説『探美の夜』には、初の男まさりな気性、さばけた口調、頭の回転の速さ、浮気性、凄みのある美貌に惚れ込んで、谷崎が自作のヒロインを創造する様子が書かれている。

千代と結婚したあと、谷崎と初の間に行き来があったというエピソードは残されていない。ただし、谷崎と千代の離婚の際、谷崎との交渉にあたった千代の兄の倉三郎は、姉である初に相談しながら事を進めていたようで、間接的にではあるが、谷崎の人生とは関わっていたことになる。初は後半生、芸者の置屋を営んで、昭和三十六年（一九六一）に没した。実子はなく、姪（三女きみの娘・貞子）を養女にしていた。晩年は、やや偏屈な性格となり、あまり人に会いたがらなかったということである。

谷崎は初に背徳の美しさを感じ、惹かれていた。彼女の存在無くして、自分の芸術を創造するのは無理だとすら思っていた。

**『探美の夜』**……中河與一（明治三十年〔一八九七〕～平成六年〔一九九四〕）が書いた小説。谷崎潤一郎の生涯を辿ったものであるが、執筆当時は谷崎が存命であり、最後までは描き切っていない。そのためもあって、谷崎の実人生とは異なる箇所もあり、脚色もされているが、中河はかなり綿密な調査をして執筆したという。昭和三十一年（一九五六）十月から三十四年（一九五九）十一月まで『主婦と生活』に連載され、挿絵は田代光（大正二年〔一九一三〕～平成八年〔一九九六〕）が描いた。本書では、連載前半の挿絵原画全六十九枚（東京文化振興会・鶴岡義信氏蔵）のうち、主要なものを紹介する。小説に登場する実在の人物名は、似た別名に置き換えられている（谷崎は谷口、千代は千恵、せいはすゑ、松子は竹子など）が、本書では登場人物名を実在の人物に置き換えて記載している。

# 『お才と巳之介』

『情話新集第六篇
お才と巳之介』
大正四年（一九一五）／新潮社
（初出は『中央公論』
大正四年〔一九一五〕
秋期大附録号）
装幀・竹久夢二
竹久夢二美術館蔵

巳之介は大店の若旦那だが、冴えない容貌のため女にはもてない。一方、遊びの供をする奉公人の卯三郎は色男で、どこにいっても女たちが群がるので巳之介はおもしろくない。そんな時、お才という美貌の娘が小間使いとして店に入り、巳之介はたちまち夢中になってお才をくどき落とした。

実は、お才は卯三郎とすでに男女の仲であり、二人は共謀して、巳之介から金を巻き上げようと企んでいたのである。

金を巻き上げた二人が巳之介を泥川に突き落として逃げる段になって、巳之介にもお才が大変な悪女だとわかった。ここでお才への思いが醒めるかと思えば、そうではない。だまされたと知った巳之介は「金の事なら又いくらでも相談に乗つて上げるから、此方の縁も切らずに置いたらどんなもんだらう」とにたにた笑いながらお才に迫った。彼女は泥をかぶった巳之介の気味悪さに悲鳴をあげて逃げ出し、巳之介はどこまでもお才を追いかけてゆくのであった。

本作は、お才と卯三郎の悪の魅力について書かれたものではあるが、この結びにおける巳之介の不気味さは、お才の悪女の魅力を凌駕した。悪い女よりも、悪い女に執着する男のほうがよりおもしろく、その奇妙な男のモデルとは、いうまでもなく谷崎自身である。

# 谷崎文学と初

## ●悪女型ヒロインの誕生

谷崎は若い頃、悪女型の女性をヒロインにした作品を立て続けに書いた。大正二年（一九一三）『恋を知る頃』、大正四年（一九一五）『お艶殺し』『お才と巳之介』。悪女型ヒロインのモデルになったのは、初をはじめとする粋筋の女性たちであった。

明治後期から大正にかけては、芸者がもてはやされた時代で、今日でいうところのタレントやアイドルに近い存在であり、ファッションリーダー的な役割も担っていた。そんな芸者の中には、旦那の他に情人を持ったり、意気地を見せるために小指を切り落とすなど、「毒婦」としての魅力で人気を博す者もいた。谷崎は、特に、出刃包丁で男を殺して話題になった「花井お梅」という芸者の写真を長いこと大切にしていたという。元芸者だった初にも毒婦の面影があり、谷崎はそこを愛していた。

谷崎が悪女を好んだ要因はいくつか考えられる。歌舞伎や草双紙に登場する、恋しい男のためなら、ゆすりやたかりも働くという伝法肌の女性たち――江戸っ子だった谷崎にとって、彼女たちは馴染み深い存在だったと思われる。

また、欧米の世紀末芸術に盛んに取り上げられた「ファム・ファタル（運命の女・宿命の女）」という男を破滅に導くタイプの女性像が明治期、日本でも人気を集め、文学青年だった谷崎は、おおいなる影響を受けた。

彼女たちの放つサディスティックな魅力は、マゾヒスティックな性向のある谷崎を刺戟し、創作の源となったのである。

## 『富美子の足』

『近代情痴集　附り異国綺談』
大正八年（一九一九）／新潮社
（初出は『雄弁』大正八年六、七月号）
装幀・小村雪岱
弥生美術館蔵
谷崎初期の短編を集めて刊行された。作品の多くに悪女めいた女が登場する。

美術学校の学生・宇之吉は、遠縁の老人に頼まれ、彼の妾である富美子の肖像画を描く。「富美子が足を拭いているところを描いてくれ」という注文であった。老人はこよなく女の足を愛し、踏まれることを好むというFoot-Fetichist――つまり「足フェチ」なのである。老人は犬の真似をして富美子の足にじゃれつくのも好きなのだが、体力が弱ってできないため、代わりに宇之吉がその役目をおおせつかる。

老人は死の間際、「息をひきとるまで、足で額を踏み続けてくれ」と富美子に懇願し、彼女は言われたとおりにする。老人の臨終に際して駆けつけた実の娘はこの光景を見て驚くが、一方の富美子は、頼まれたからしているのであって、何か文句があるのか？　といわんばかりに、老人の眉間を堂々と踏み続けた。このような不敵な態度は、素人の女性にはなかなか難しいが、富美子は柳橋の芸者出身であった。

女性の美しい足を偏愛し、その足に踏みつけられることに快感を覚える老人には、谷崎自身が投影されている。足フェチとかマゾヒストという、いわゆる世に言うところの〝変態〟を、ユーモラスに描き出したことは、谷崎文学の功績と言えよう。

## 『白昼鬼語』

『東京日日新聞』夕刊
大正七年（一九一八）
五月二十三日～七月十日、
『大阪毎日新聞』夕刊
大正七年
五月二十三日～七月十一日掲載
（その間、休載あり）

主人公の友人・園村が暗号を書いた紙きれを拾う。探偵趣味のある園村が解読したところ、殺人の行われる時間と場所が書かれていた。誘われてその場に出かけた私は、美しい女が、男の死体を薬品で溶かす現場を目撃した。私は関わり合いになるのを恐れるが、園村は美女に心奪われ、自分も同じように、女の手にかかって死にたいと願う。

# 『お艶殺し』

大正四年（一九一五）／千章館
（初出は『中央公論』大正四年新年号）
装幀・山村耕花
芦屋市谷崎潤一郎記念館蔵

　大店のお嬢様・お艶と若い番頭の新助が恋仲になるが、添えない運命にあった。そんな二人に声をかけたのは、深川の船宿の主・清次。清次は、自分のところに駆け落ちしてくれれば、それぞれの両親を説得して一緒にさせてやると持ちかけ、お艶はその話に飛びついたが、新助は気がすすまなかった。十四歳で奉公に来てからこれまで真面目に働いてきた新助は、あと一、二年もすれば暖簾（のれん）分けされて自分の店を持てるのだ。駆け落ちなどしたら、これまでの苦労が水の泡になるのではと躊躇するが、お艶の懇願に負けた。

　しかしその誘いは、美貌のお艶を自分の妾にしようと、清次がしくんだ計略によるものだった。二人は引き離され、新助は清次の手下に殺されそうになり、応戦しているうち、逆に相手を殺してしまった。一方のお艶は、妾になれと迫られるが応じなかったため、芸者に売られた。もともと芸者のいなせな風俗に憧れていたお艶は、水を得た魚のようになり、たちまち売れっ子になった。さらに、芸者稼業の中で強請（ゆすり）まで覚えた。お艶を探しだすうちに、人殺しを重ねた新助は、再会したら自首するつもりでいたが、お艶にそそのかされ、ともに悪事を働くようになる。お艶の心変わりを知った新助は、彼女まで殺すにいたった。

## 『お艶殺し』より
## 挿絵・山村耕花

日本近代文学館蔵

店の者が出かけて二人きりになった晩、お艶は自分の部屋に新助を誘い入れる。かねてより清次から持ちかけられていた駆け落ちを決行するのは「今しかない」と、お艶は新助の決心を促した。

## 山村耕花　やまむら・こうか

**明治十八年（一八八五）～昭和十七年（一九四二）**

日本画家・版画家。はじめ尾形月耕に師事し、のちに東京美術学校日本画選科を卒業、第一回文展に「茶毘（だび）」を出品、入選する。大正三年（一九一四）から再興院展に参加、日本美術院同人となり院展を中心に活躍、烏合会・珊瑚会などにも参加した。大正五年（一九一六）以降、渡邊版画店から多くの役者絵の新版画を発表した。大正四年に千章館から刊行された谷崎の『お艶殺し』は、耕花が表紙絵と挿絵十五点を描き、木版多色摺りで制作された。耕花は『神童』『刺青　外九篇』（大正五年）の装幀も手掛けた。大正前半期までの谷崎の著書の装幀は、橋口五葉、名取春仙など新版画運動の画家が多く起用されている。

駆け落ちした二人はしばらく大川の畔（ほとり）の家に置かれた。そのあたりは色っぽい土地がらで、お艶は二階の窓から外を眺め暮らすうち、たちまち芸者のいなせな風俗を覚え込んで真似をし始める。

お艶は思った。芸者ほどおもしろい商売はない。のろい男を欺（あざむ）いて金を絞るほど胸のすくことはない。

お艶が他の男に心を移したため、ついに新助はお艶まで殺してしまう。生真面目な新助をとめどなく転落させたのは、お艶という女に秘められた魔性だったのであろうか。

## 『神童』

『中央公論』大正五年新年号掲載

抜群の優秀さで首席を独占し続け、人々から「神童」と言われる春之助であるが、家が貧しいため、裕福な商家に家庭教師として住み込み、学費を出してもらう。実家とは異なる華やかな雰囲気の中で暮らすようになった春之介は、花街に使いに行き、芸者の存在を知った。自らの容貌に劣等感を抱く春之助の中で、美と色香を売りものにする女たちへの賛美は、いやがうえにも膨れ上がっていき、「若しも神様から『天才と美貌と孰れか一つを撰べ。』と云はれたら、彼は猶予なく後者を取るに違ひなかつた」という考えに至る。頭脳の明晰さより、「美」が上と思う春之助は、それまでの、「霊魂の不滅を説く聖人になりたい」という願いをあらため、「人間界の美を讃える芸術家になろう」と決意する。

商家の主人や奥さん・お嬢さん、番頭、女中などの着物を観察し、その贅沢さや粋に憧れる春之助には、少年時代から鋭い審美眼を有していた谷崎自身が投影されていると言えよう。また、「あらゆる悪事が美貌の女に許されなければならない」という春之助の感慨からは、谷崎文学初期の特徴である「悪魔主義」の萌芽を見てとることができる。

# 田中翼アンティーク着物 × 谷崎文学『神童』

## 妖しく毒のある文様を好んだ、粋筋の女性たち。

帯に描かれた狐の嫁入りが竹藪の中を進む幻想的なイメージで、錦紗の竹文様の小紋を合わせた。天気雨の別名が狐の嫁入りとされることから、半衿は雨粒のような刺繍のあるものを。玄人が好んだ野晒し髑髏の帯留で粋な装いに。[T]

彼がいかほど大人を軽蔑しようとしても、兎に角物質的に恐ろしく優勢な彼等の外見に圧迫されて、自分の方が却つて下らない人間のやうに思はれて来る。まして主人の吉兵衛だの、お町だの、お鈴だのゝ贅沢に至つては、どのくらゐ彼の欲望を刺戟するか分らない。*

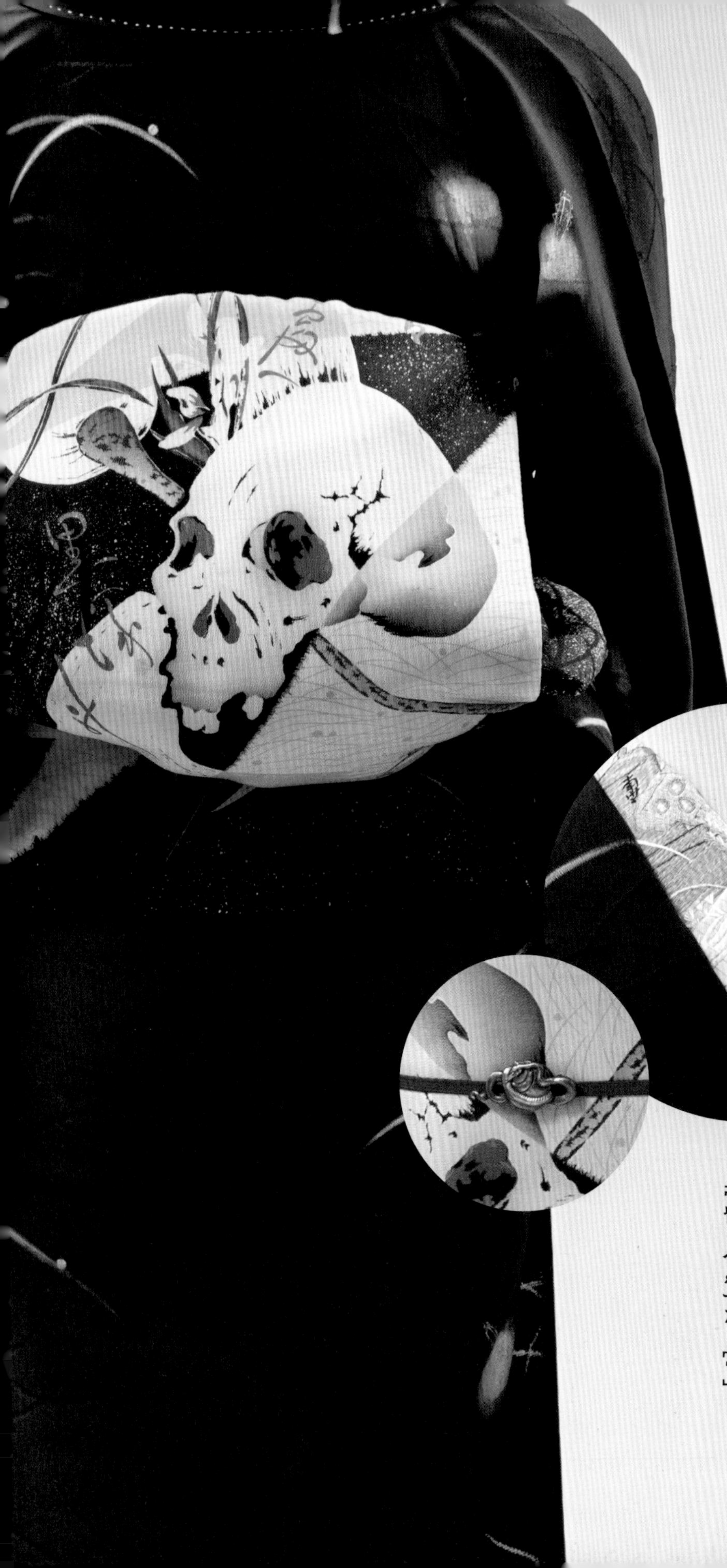

## 田中翼アンティーク着物 × 谷崎文学『神童』

野晒し髑髏の帯。髑髏の側には「ぬしは何処へ 黒塚計」と書かれている。人だったものが朽ち果て打ち捨てられた、恐ろしくも美しい光景をイメージして、露芝と舞い飛ぶ蛍の単衣、髑髏と墓地の半衿、蛇の帯留を合わせた。[T]

彼の女等は平生から一枚の浴衣(ゆかた)を作るにも、一足の足袋(たび)を誂へるにも、自分の容貌姿態にはいかなる線状色彩の配合が最も適当して居るかを充分に会得(えとく)して居て、厳格な吟味を経てから始めて撰択するらしく、一と度び彼の女等のしなやかな手足に巻き着いた物は、帯でも半襟でも指輪でも羽織の紐でも、俄かに媚びを競つて不思議な魅力を発揮する。*

## 田中翼アンティーク着物 × 谷崎文学『神童』

天翔ける龍を緻密な刺繍技で表現した着物。大胆で奇抜ながら品を感じさせるのは、丁寧な作りと縮緬地の重厚な存在感があるから。渦を巻く帯と、陰陽を思わせるコントラストのアール・デコ調の帯留で、エキゾティックに。［T］

恐らく彼は堅気の女を正妻に持つ事を一遍で懲り懲りしてしまつたらしい。［中略］「しろうとの女はみんな此れだから困る。」と云ふ考へが、すつかり頭に沁みついた結果、やゝともすれば浜町の妾の方を余計愛するやうに見えた。＊

地獄極楽図黒留袖。閻魔大王の裁きの様子を、迫力をもって描いた手描友禅の着物。下前の美しい天女と極楽は、留袖として着用した場合は一切見えず、目に入るは地獄のみ、というユーモアのある構図になっている。[T]

半玉の襦袢と芸者の襦袢。鯛と蕪の鮮やかな襦袢は半玉のもの。袖は絹、身頃はメリンス（モスリン）。大胆な柄が可能で絹よりカジュアルな素材として流行ったモスを身頃にしていることから、日常的に着ていたものだということがわかる。髑髏の襦袢は芸者が着ていたと思われるもの。紬地に落ち着いた色の野晒しは男襦袢のように無骨な雰囲気。[T]

傍の衣紋竹には、燃えたつばかりな友禅の長襦袢が、魂のある物のやうになまめかしく垂れ下つて居たりした。その縮緬の優婉な地質が、やがてあの女たちの玉の肌へ絡み纏はる刹那を思ふと、春之助はあまりの美しさに戦慄した。＊

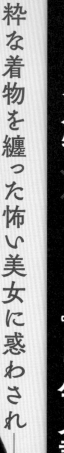

# 田中翼アンティーク着物 × 谷崎文学『白昼鬼語』

粋な着物を纏った怖い美女に惑わされ——。

断末魔の苦悶の状態を留めたまゝ、逃げ去つた自分の魂を追ひかけるが如く空を摑んで居る両手の先が、ちやうど女の胸元の、青磁色にきらびやかな藤の花の刺繍を施した半襟の辺にとゞいて居る。

小説の描写に寄せた夏羽織の装い。格子縞の夏お召は、いかにも当時の東京好みな着物である。トウモロコシに蜻蛉と夏の情緒を感じる羽織に、帯留もトウモロコシを合わせた。帯揚げには紫陽花。藤から夏の植物を通り、蜻蛉へ――短い夏の移ろいを一つに閉じ込めた組み合わせに。[T]

Column

# 発禁処分・上演禁止

谷崎は、多くの発禁処分や上演禁止処分を受け、物議をかもし続けた作家である。

明治四十四年（一九一一）、二十五歳で書いた『飄風』のため掲載誌の『三田文学』が、大正五年（一九一六）の戯曲『恐怖時代』のため『中央公論』が発禁となり、若い頃から発禁処分の憂き目に会った谷崎は、「私の書く物などは、永久に彼等と相容れる日がないかも知れない」と嘆いた（『発売禁止に就て』〔当初のタイトルは『発売禁止に就きて』〕、『中央公論』大正五年五月号）。この随筆の中で谷崎は、検閲する側の人々が、どこがどういう理由でいけないのか、はっきりさせないまま発禁処分を下すことへの不満を述べている。

大正六年（一九一七）、春陽堂から刊行した『人魚の嘆き』は、収録した挿絵のうち二点のため発禁となったが、挿絵頁を削除することによって押収をまぬがれ、発売が継続されたらしい。

大正十一年（一九二二）の脚本『永遠の偶像』、同年の『愛すればこそ』（小山内薫／演出）も上演禁止処分を下された。しかし、昭和二年（一九二七）一月二十九日、東京朝日新聞朝刊は、「『愛すればこそ』が皮肉にも今度ドイツの劇場で賑々しく上演されることになつた」と伝えている。日本の検閲官には理解されない自作が、海外で上演されることになったことに、谷崎も心を強くしたことであろう。

その後も大正十三年（一九二四）に『痴人の愛』（54頁）が、風俗壊乱を理由に大阪朝日新聞から降板させられたが、本当の理由は、反米感情の高まりの中で、欧米風の風俗描写が嫌われたのではないかとの見方もある。

昭和十八年（一九四三）の『細雪』（78頁）は、戦前の華やかな生活の描写が、陸軍報道部から「時局と合わない」とされ、掲載や配布を禁止された。

『人魚の嘆き』挿絵（名越國三郎・画）。「魔術師」（左図）と「鶯姫」（右図）の二点が削除された。芦屋市谷崎潤一郎記念館蔵

# 第二章

# 千代

# 谷崎と千代

## 二つの事件の衝撃

谷崎は大正四年（一九一五）に十歳年下の石川千代と最初の結婚をしたが、直後から彼女に不満を抱くようになった。当時の谷崎は悪女型の女性に惹かれており、従順で貞節な良妻賢母型の女性は、日本の因習を象徴する忌まわしい存在としていたのだ。

谷崎の冷たいしうちにもかかわらず、千代は家庭を良く守り、谷崎の父母にも尽くした。谷崎も彼女の美点は認めており、嫌おうとして嫌いきれないところがあったようだ。

そのうち、妖婦的な魅力を持つ千代の妹・せいに谷崎は耽溺し、千代をないがしろにして暴力さえふるうようになった。その様子を知った文学仲間の佐藤春夫（38頁）が千代に同情し、同情は愛情に変わり、千代もまた春夫に心を託すようになった。

谷崎も、千代と別れてせいと結婚するつもりで春夫と千代の結婚を認めたが、せいから結婚を断わられ前言をひるがえしたので、佐藤が激怒し大正十年（一九二一）二人は絶交した。これを「小田原事件」という。

その後離婚について悩み続けたあげく、十年後の昭和五年（一九三〇）とうとう谷崎は千代と離婚し、千代は佐藤春夫

娘時代の千代。
写真提供：芦屋市谷崎潤一郎記念館

谷崎は千代の姉・初と結婚したかったが、かなわなかったので、妹・千代を紹介され、結婚することになった。妹であれば初と同じような悪女型の女性だろうと思ったが、千代は正反対の良妻賢母型であった。

最初の結婚のときに、谷崎は数えで三十歳、千代はその十歳年下だった。千代は伯母サダの養女となって、サダが営む芸者置屋「菊小松」の芸者となり、一度落籍（ひか）されたが、相手が死んだという経緯があった。写真提供：芦屋市谷崎潤一郎記念館

千代の着物の好みは地味だったようである。残されている写真を見ても、格子や地模様などが多い。谷崎も初期作品の中で千代をモデルにした女性については、その着物を「地味な縞」と設定するのが常だった。
写真提供：芦屋市谷崎潤一郎記念館

夫人になることを決した。その際関係者に配った挨拶状があだとなり、「妻譲渡事件」として、新聞や雑誌に書きたてられることになる。世間から同情的に見られたのは谷崎で、非難されたのは千代と春夫だった。特に千代は貞操観念の低い女として糾弾され、大変な思いをしたという。大衆による誹謗中傷の激しさは、今も昔も変わらぬようだ。無理解な世間から千代をかばうためもあって春夫は『婦人公論』（昭和五年十月号）に「僕らの結婚――文字通り読めぬ人には恥あれ」を掲載。そして春夫はこの事件による心痛が祟ったのか、バーで痛飲して脳出血を起こして倒れ、しばらくは執筆もままならなかった。さらに谷崎と千代の娘・鮎子はこの事件によって、小林聖心女子学院を退学させられるという巻き添えを被った。

## 誠実で人の良い妻

谷崎の妻だった頃、衣食住全般に対し気難しい好みを持つ谷崎に応え、千代は女中たちを指揮して完璧な主婦ぶりを発揮したという。『探美の夜』（6頁）には、食事をしたいと思い立ったときにすぐに食卓が整わなければ機嫌の悪い谷崎に、即座に対応できるのは千代だけだったとある。しかも香の物の刻み方にも細かい好みがあり、みそ汁は作りたてでなければならないというように、注文の多い谷崎の食卓を整えるのはなかなか気骨の折れる仕事であった。谷崎は客をもてなすのが好きであったが、当時谷崎家で食事をした人々は皆千代の料理上手に感心したという。

また『探美の夜』には、谷崎から別れたいと言い出されている千代が、解いた着物を洗い張りする場面がある。春夫が「それは誰の着物ですか」と尋ねると、千代は「ええ、これはうちの人のなんですの。私が家から出ても当分あの人が不

谷崎の母が丹毒のために倒れたとの知らせを受けて、看護に駆けつけようとする千代。しかし娘・鮎子にも腫物ができているので、「こんな時に行くな」と谷崎は千代を叱りつけた。

谷崎は、鮎子に腫物ができて大泣きするので家では仕事が出来ず、伊香保温泉に来て執筆している間に母が亡くなった。『探美の夜』では、伊香保にせいを伴っており、彼女の魅力に溺れているうちに、母との最期の別れを逸したとしている。

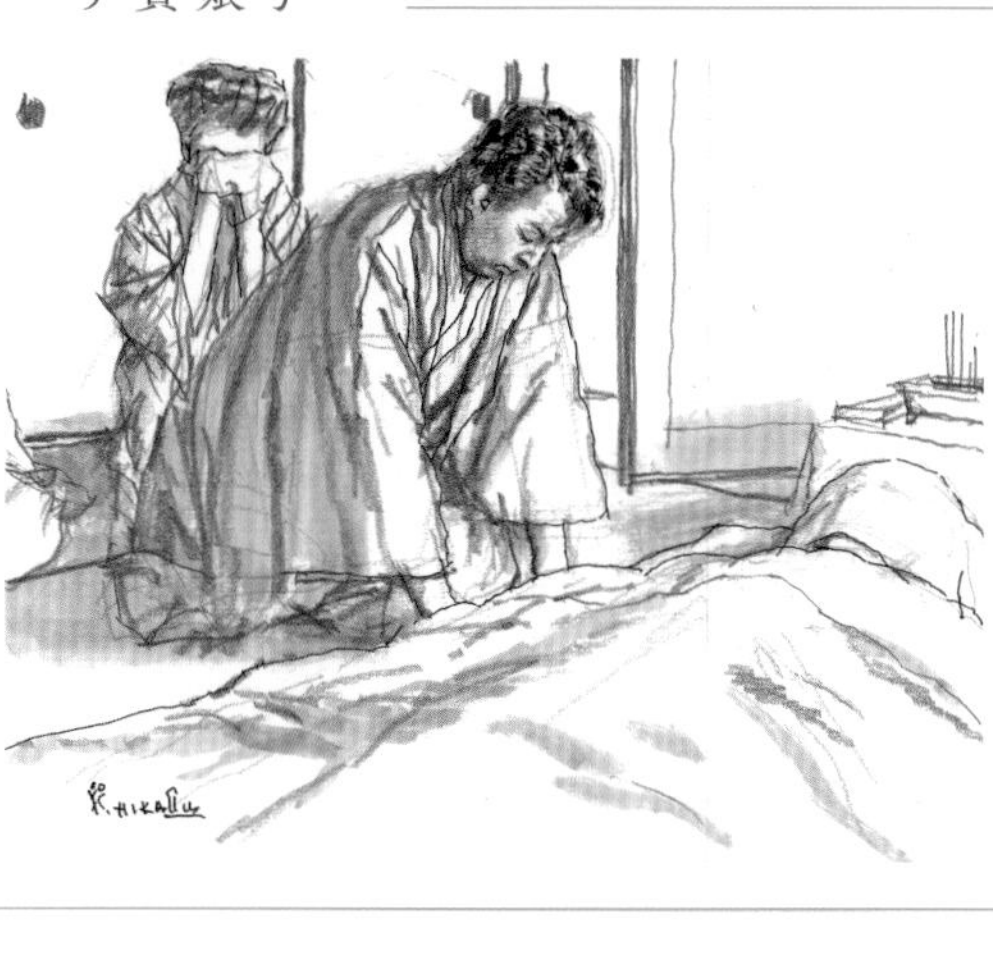

谷崎の母は亡くなる間際、千代の手厚い看護に感謝し「自分の本当の娘のような気がする」と言った。良妻賢母を嫌った谷崎も、自分の両親に対する千代の孝行には、感謝していた。

# 千代の着物

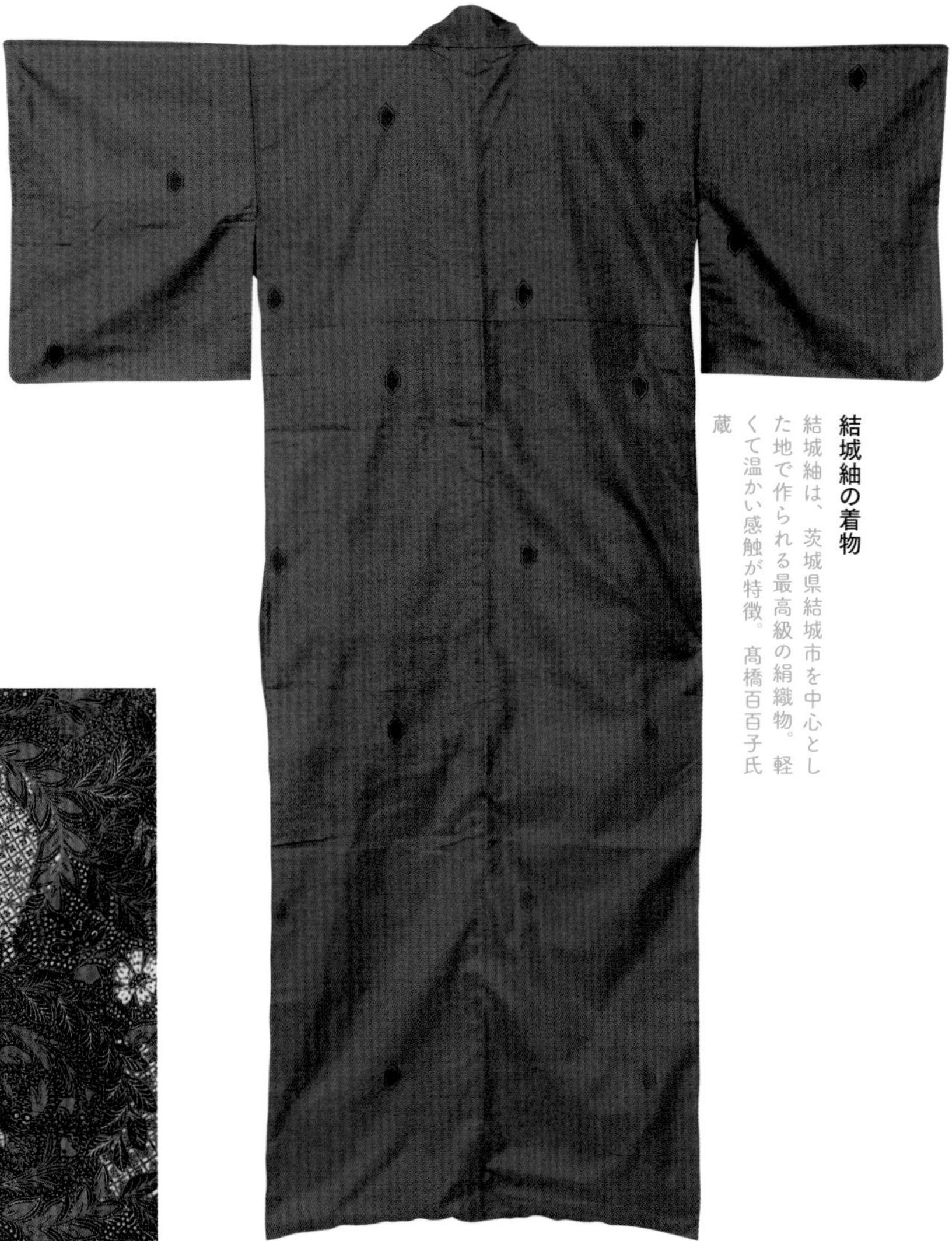

**結城紬の着物**
結城紬は、茨城県結城市を中心とした地で作られる最高級の絹織物。軽くて温かい感触が特徴。髙橋百百子氏蔵

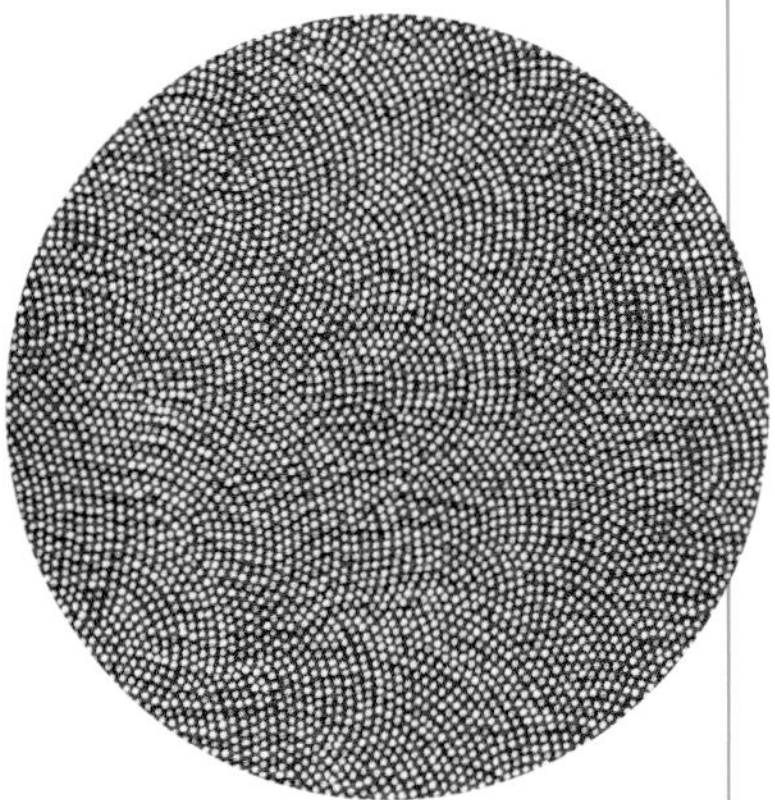

**鮫小紋の着物**（部分）
微細な点で円弧を重ねた文様が、鮫の肌にも似ている。もともとは武士の衣服に用いられた文様だったが、のちに粋な渋さを好む江戸町人層にも愛好されるようになり、現代にいたる。髙橋百百子氏蔵

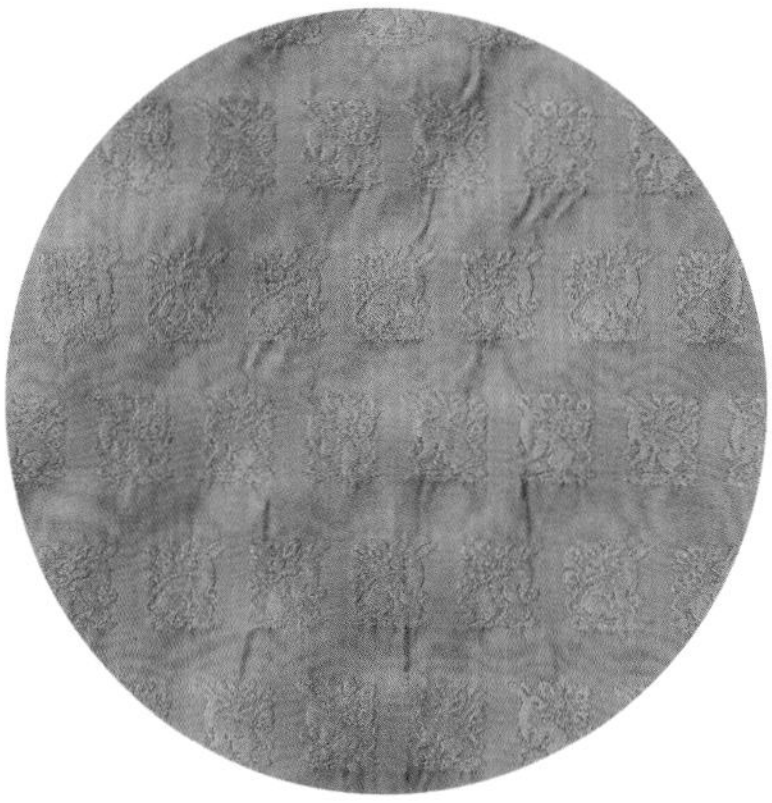

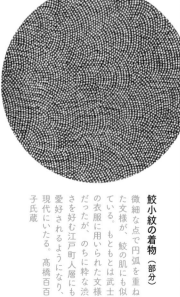

**花兎文様の帯**（部分）
花兎は名物裂文様（鎌倉時代から江戸時代初期に、日本にもたらされた異国の染物品から影響を受けた文様）の一つで、花咲く木の下で、耳を立てる兎の連続文様。髙橋百百子氏蔵

**更紗文様の帯**
佐藤春夫が戦中、視察旅行のため、ジャワに赴いた際に現地で購入した更紗を用いて仕立てられた。髙橋百百子氏蔵

自由しないようにと思って……」と答え、春夫は千代の人の好さにあきれながらも、彼女の優しさに感動する。本作は中河與一による創作だが、ほぼ似たようなエピソードはあったと推測できよう。

春夫が千代を愛したのも、単なる同情からばかりではなく、彼女の誠実さに惹かれたからに違いない。踏みにじられながらも、夫に尽くし、貞淑な妻であろうとするけなげさが、春夫には何にも増して尊いものに感じられたのだろう。それまでの結婚で、春夫は妻からの裏切りにあい、苦い経験をしていた。

千代が春夫に打ち明けた。谷崎に女がいるのではないかとは思っていたが、それが自分の妹・せいだとわかった。妹のためにも、自分が身をひくしかないと言いながら、千代は激しく泣いた。

谷崎は、着る物や布団の敷き方などにも細かいこだわりを持っていた。それらを熟知している千代を失えば、生活の快適さが失われるだろうと言う懸念が、谷崎に離婚をためらわせた大きな要因だったに違いない。自宅での仕事も多い作家の場合、家庭の環境は仕事の質にも影響を与える。千代を失ったら、これまでと同じように小説を書き続けることができるだろうかという不安が、谷崎にあったのではないかと想像される。

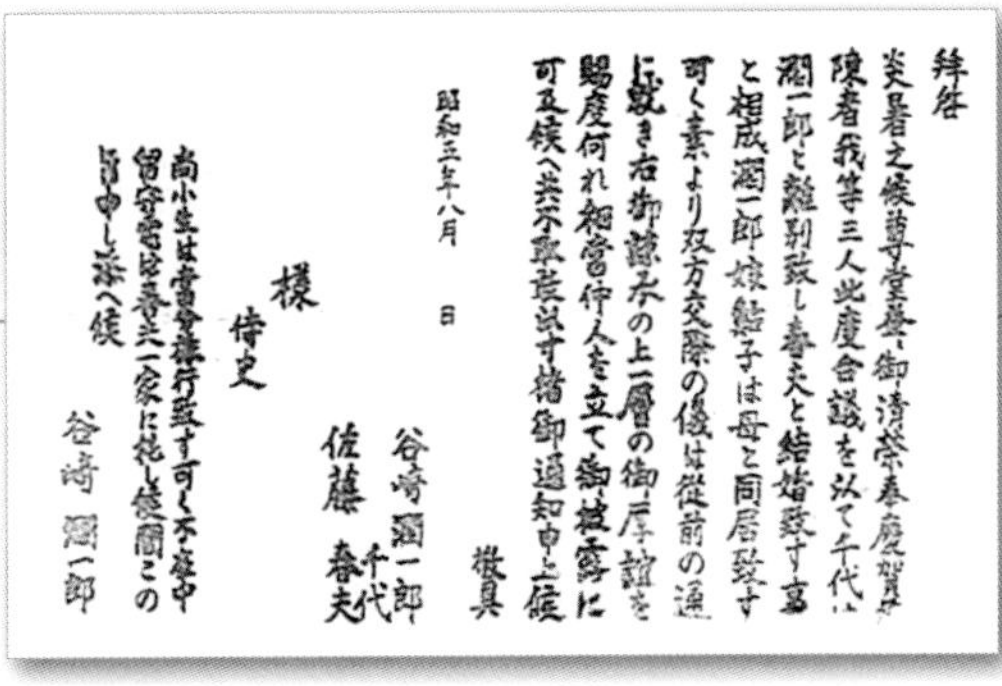

拝啓
炎暑之候尊堂益々御清栄奉慶賀候
陳者我等三人此度合議を以て千代ハ潤一郎と離別致し春夫と結婚致す事と相成潤一郎娘鮎子は母と同居致す可く素より双方交際の儀は従前の通に就き右御諒承の上一層の御厚誼を賜度何れ相当仲人を立て御披露に可及候へ共不取敢以寸楮御通知申上候
敬具
昭和五年八月　日
谷崎潤一郎
千代
佐藤春夫
様
侍史
尚小生は当分旅行致す可く不在中留守宅は春夫一家に托し候間この旨申し添へ候
谷崎潤一郎

**谷崎潤一郎、千代、佐藤春夫連名の結婚（離婚）挨拶状**

昭和五年八月、谷崎と千代が離婚し、千代と春夫が結婚するという挨拶状を、三名の連名で関係者に配布する。新聞に中途半端な記事がでることを懸念した谷崎は、情報が外に漏れないようにするため、自宅に持ち込んだ印刷機で三人連名の挨拶状を刷って配った。公表についての周到な準備が、むしろ裏目に出たのか、三人の長い逡巡と葛藤は理解されず、「妻譲渡事件」として世間から非難され、社会問題にまで発展した。新宮市立佐藤春夫記念館蔵

## 谷崎と別れてからの千代

そして谷崎は、佐藤夫人となってからの千代にあてて、よく手紙を書いたようだ。夫婦だった間はろくに話しかけさえしなかったというが、離婚後は娘・鮎子のこと、親族のことなど、まめに手紙を書いたらしい。身内のことをよく知る千代は、離婚以降の谷崎にとって頼りになる存在となったのだ。

谷崎の末の弟である谷崎終平が著した『懐しき人々――兄潤一郎とその周辺』（平成元年［一九八九年］、文藝春秋）には、谷崎と別れ、佐藤夫人となってからの千代についても書かれている。終平は八歳（満年齢）で母を、十歳で父を失くし、以後は主に長兄・潤一郎の許で成長し、さらに千代が佐藤家に嫁してからは時々遊びに行ったようなので、潤一郎、千代、春夫のことを詳細に知る人物であり、その著書は谷崎に関する貴重な証言である。それによると、谷崎の妻だったときには、ひたすら従順な妻で、そのためかえって谷崎から敬遠された千代だったが、春夫の元では強くなり、春夫をやりこめるような場面もあったということだ。春夫が亡くなった時の悲嘆ぶりは大変なもので「良く涙が涸れぬものと思う程千代夫人は泣き泣き暮した」という。晩年の千代は八十四歳まで生きたが、「記憶は確（しっか）りした人だのにとぼけて何も彼も忘れたよと言っては過去の話はしなかった」ということである。

春夫夫人になってからの千代の着物や帯が残されている。いずれも地味ながら最高級の品で、派手さはないが、純粋で誠実だったという千代にふさわしい着物である。

# 谷崎文学と千代

## 〝妻殺し〟小説

大正四年（一九一五）千代と結婚した谷崎は、大正八年（一九一九）『呪はれた戯曲』（『中央公論』五月号）、『或る少年の怯れ』（『中央公論』秋期大附録号）、大正九年（一九二〇）『途上』（『改造』新年文藝大附録号）と、たて続けに妻殺しをテーマとする作品を発表し、千代に対する嫌悪をあらわにした。しかし、先に述べた春夫との「小田原事件」後は、態度をあらため、家庭を大切にするよう心掛けたようだ。そして谷崎と春夫は事件後、ともに千代をモデルとした作品を発表し、文学上でも対決する姿勢を見せた。

大正十年（一九二一）春夫は千代への思いをうたった詩「秋刀魚の歌」を『人間』（大正十年十一月号）に発表して文名をあげ、さらに大正十四年（一九二五）六月から断続的に『改造』で連載した小説『この三つのもの』で小田原事件をテーマとした。

谷崎も大正十二年（一九二三）～十三年（一九二四）の『神と人との間』（『婦人公論』）で事件を描写し、大正十二年発表の『肉塊』（『東京朝日新聞』『大阪朝日新聞』）は、せいに溺れて千代をないがしろにした自分自身を嘲笑するような内容であった。そして事件のほとぼりが醒めた頃、千代に恋人（和田六郎、のちの探偵作家・大坪砂男）ができると、妻の恋を後押しする夫を主人公にした『蓼喰ふ虫』（昭和三年［一九二八］～四年［一九二九］）を書いた。

このように、千代への愛憎は春夫との確執に繋がり、谷崎文学前期の重要なテーマとなった。千代は若き日の谷崎好みの女性ではなく、そのためにさまざまな不幸も生じたのであるが、同時にそのことが、彼の文学に深い陰影と複雑な味わいをもたらしたとも言えそうである。

## 『蓼喰ふ虫』

『蓼喰ふ虫』
昭和四年（一九二九）／改造社
（初出は『大阪毎日新聞』『東京日日新聞』昭和三年［一九二八］十二月～四年［一九二九］六月連載）
装幀・小出楢重
芦屋市谷崎潤一郎記念館蔵

離婚を決意しながら、実行に踏み切れない夫婦の様子を描いた作品。主人公・要（谷崎がモデル）は妻・美佐子（千代がモデル）に性的な魅力を感じられず、何年も他人同様に暮らしてきた。二年程前から妻は年下の青年と恋愛しており、それを知った要は安堵したような気持ちになった。夫の公認のもとで妻は青年と交際を続けており、最近は結婚話も持ち上がっている。しかしいざ別れるとなると、長年培ってきた夫婦の絆は思いの他強く、離婚を躊躇し続けている。そんな二人の相談に乗るのは、親戚の男・高夏（佐藤春夫がモデル）。

執筆当時の谷崎家の状況が、かなり忠実に反映されており、妻と青年との仲を認め、むしろ奨励するかのようにふるまう奇妙な夫が描かれる。夫婦の心境をテーマとしつつも、谷崎の若い頃からの西洋趣味が、日本趣味に移行してゆく様相も描き込まれている。

大正末から昭和初期の日本人は、西洋文化に憧れていた。華やかな当世風の奥様とされている美佐子の着物も、その憧れを反映したモダンなものだったと思われる。しかし実際の千代は地味好みだったようだ。佐藤春夫が、「あれ（『蓼喰ふ虫』）は創作ではあるが、決して絵空ごとではなく、その点ではまだ描き足りないと思へる程である。但し、お千代はあの作品に出て来る夫人のごとくモダンマダムではない」と書いている（『僕らの結婚』『婦人公論』昭和五年十月号）。美佐子は、谷崎が千代に「こうあって欲しい」と望んだ姿だったのかもしれない。

## 小出楢重　こいで・ならしげ

**明治二十年（一八八七）～昭和六年（一九三一）**

洋画家。明治四十年（一九〇七）東京美術学校日本画科に入学、のち西洋画科に転じる。大正八年（一九一九）に第六回二科展で「Nの家族」が樗牛賞、翌年には「少女於梅像」が二科賞を得て会友となった。大正十年（一九二一）から半年間渡欧。油彩画以外にも、素描、ガラス絵、挿絵、随筆などにも多彩な才能を発揮した。『蓼喰ふ虫』新聞連載時に挿絵を担当、単行本の装幀・挿画も手掛けた。当時、谷崎と小出は同じ阪神間に住んでおり、家族ぐるみの交友があった。谷崎は、「私は楢重君の素晴らしいさし絵に励まされつつ書きつづけて行ったので、あの作品の出来栄えは楢重君に負うところが少なくないと思うのである」と語っている。

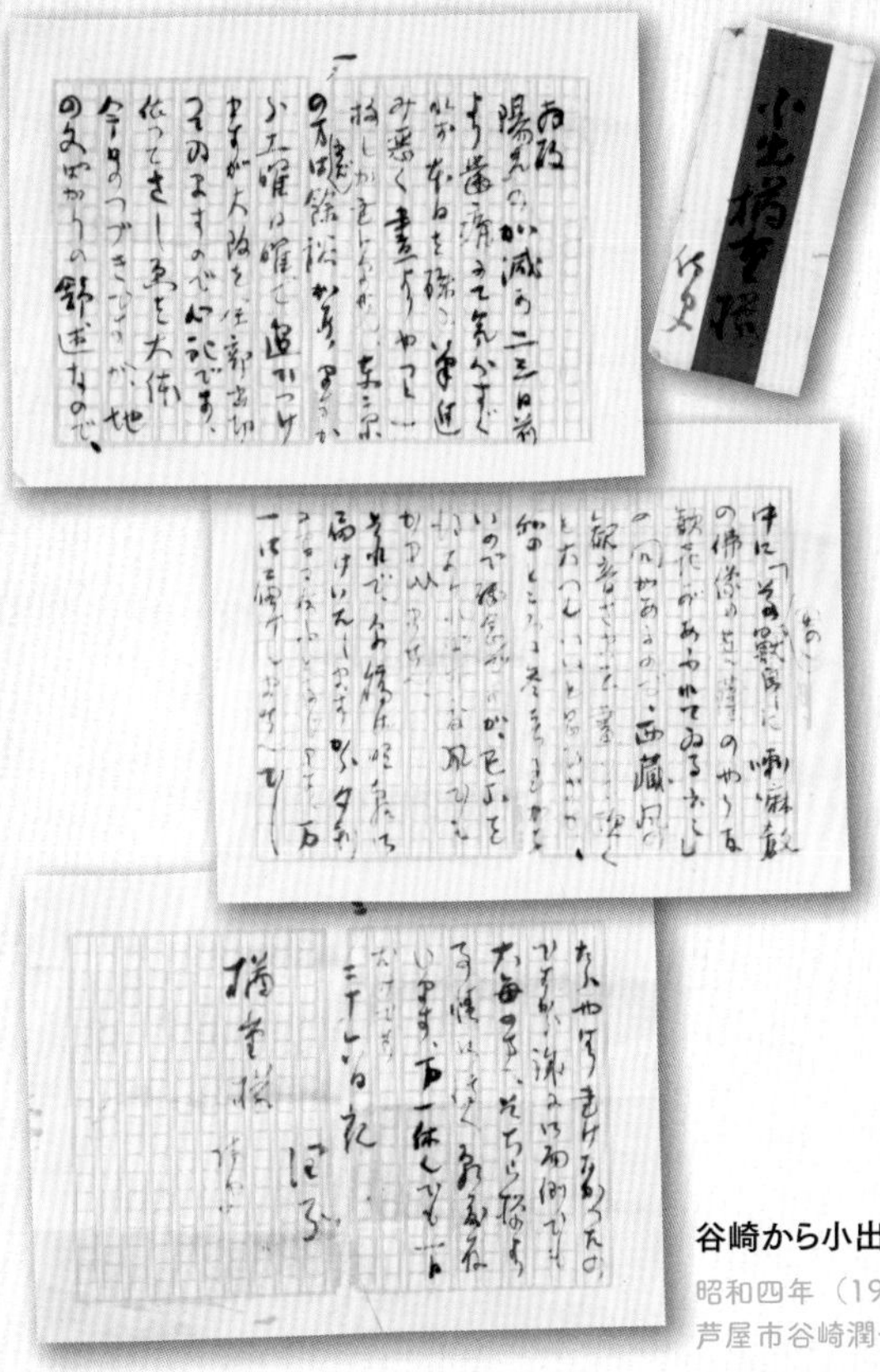

**谷崎から小出楢重宛書簡**

昭和四年（1929）四月二十六日付。
芦屋市谷崎潤一郎記念館蔵

**『蓼喰ふ虫』より　挿絵・小出楢重**

昭和三十年（一九五五）／新樹社
芦屋市谷崎潤一郎記念館蔵

高夏と要、美佐子、息子の弘は庭で犬を遊ばせながらくつろいだ。高夏がいると、一家に呑気な気分が漂うのは、夫婦の事情を知る彼の前では、取り繕う必要がないからであった。

美佐子は父がお久を傍へ置くと、浅ましい爺のように見えて来るのが此の上もなく不愉快なのである。お久と要を家に残し、二人は話をしに外へ出た。

離婚の相談に訪れた夫婦に、義父は思いとどまるよう説得する。美佐子は父親のこともうっとうしく思うが、お久がさらにいやなのだ。二人と顔を合わせたくない美佐子は、別部屋にこもったまま出てこない。

# 田中翼アンティーク着物 × 谷崎文学『蓼喰ふ虫』

## モダニズムの影響を感じる異国情緒ある上品な装い。

『蓼喰ふ虫』の装いは共通して、モダン・上品・異国情緒をテーマにコーディネイトしている。これは、ヴェニスの街がモチーフ。ヴェニス・サンマルコ広場の天文時計をイメージして、十二星座が円を描くルネサンス風の単衣に、星空の下を進むゴンドラを紗に染めと刺繍で表現した幻想的な帯を合わせた。帯留は連なる星に見立ててパールを使用したアール・デコデザインのもの。［T］

夫を置いて一人で外へ出がちの彼女は、出かける時に夫のために衣類を揃へて行くことが多かつた。要に取つて現在の妻が実際妻らしい役目をし、彼女でなければならない必要を覚えるのは、たゞ此の場合だけであるので、さう云ふ時にいつでも彼は変にちぐはぐな思ひをした。＊

ファンタジーの世界を思わせる西洋更紗柄の訪問着。十九世紀後半に活躍したウィリアム・モリスの影響を思わせる、伸び伸びとした夢のような着物。帯も西洋更紗柄、小物類もアール・デコテイストのものを選び、日本的な伝統や和を抑えた、ドレスのような装いに。［T］

ずゐぶん衣裳道楽の方で、月々何の彼のと拵（こしら）へるらしいのだけれども、いつも相談に与（あずか）つたこともなければ、何を買つたか気をつけたこともないのだから、——今日の装ひも、たゞ花やかな、或る一人の当世風の奥様と云ふ感じより外には何とも判断の下しやうもなかつた。＊

## 田中翼アンティーク着物 × 谷崎文学『蓼喰ふ虫』

抽象絵画の流行も着物のデザインに強い影響を及ぼしているが、そのうちの一枚。意味のない落書きのような文様は、作品内で複雑に絡む人間関係をイメージ。英字や写真の写しがコラージュされた帯は目新しい文化や技術へのときめきを感じるもの。巻き薔薇の半衿など小物も明るいものを選び、冷めた夫婦関係と恋の間で揺れ動く様を表してみた。［T］

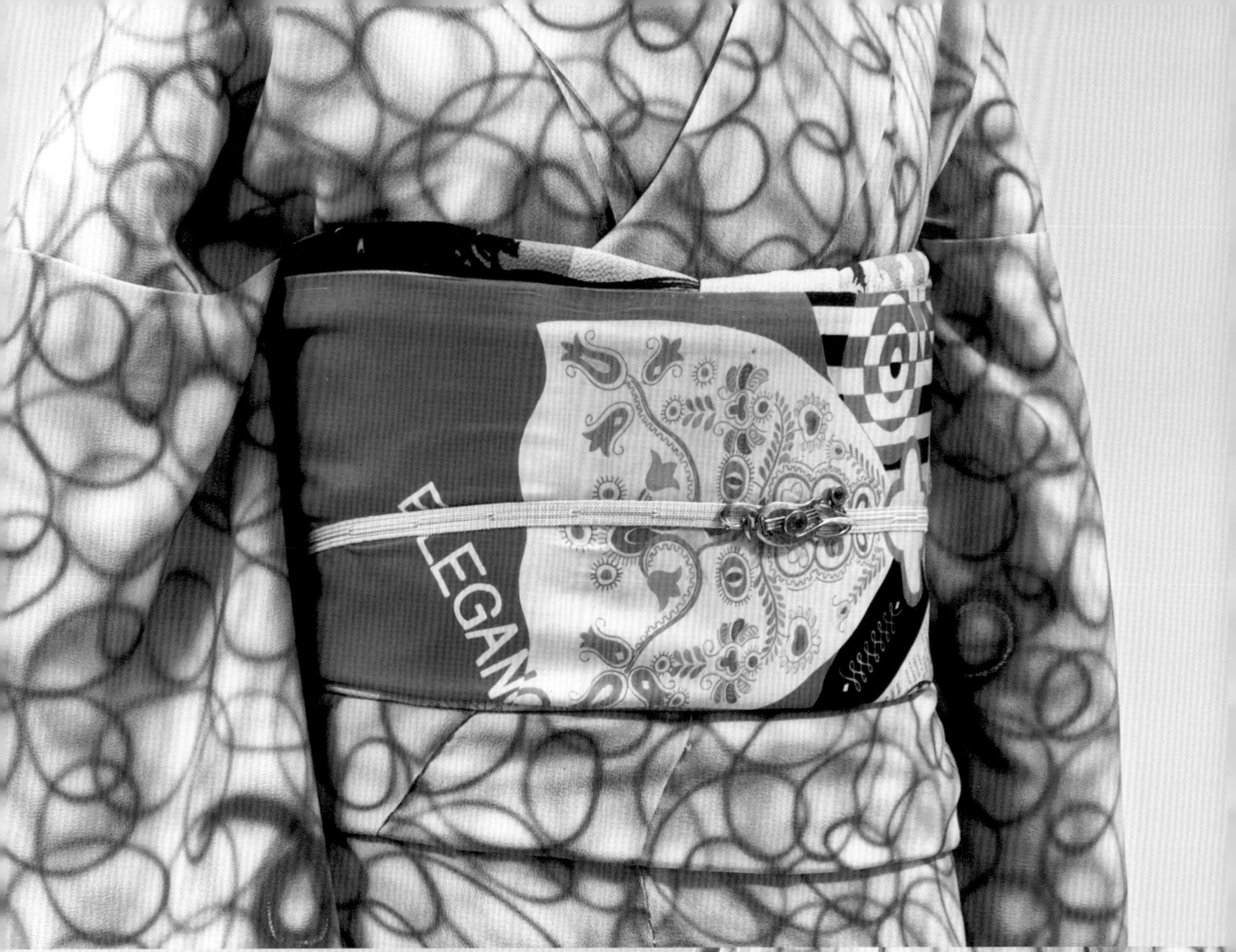

その頃彼女は退屈しのぎに神戸へ仏蘭西語の稽古に行つてゐて、そこで友達になつたらしい話しぶりであつた。要には当時たゞそれだけが分つたゞけで、その後妻の身だしなみが前よりは念入りになり、鏡の前に日々新しい化粧道具がふえて行くやうになつたことなどは、全く見落してゐたくらゐ無頓着な夫だつたのである。＊

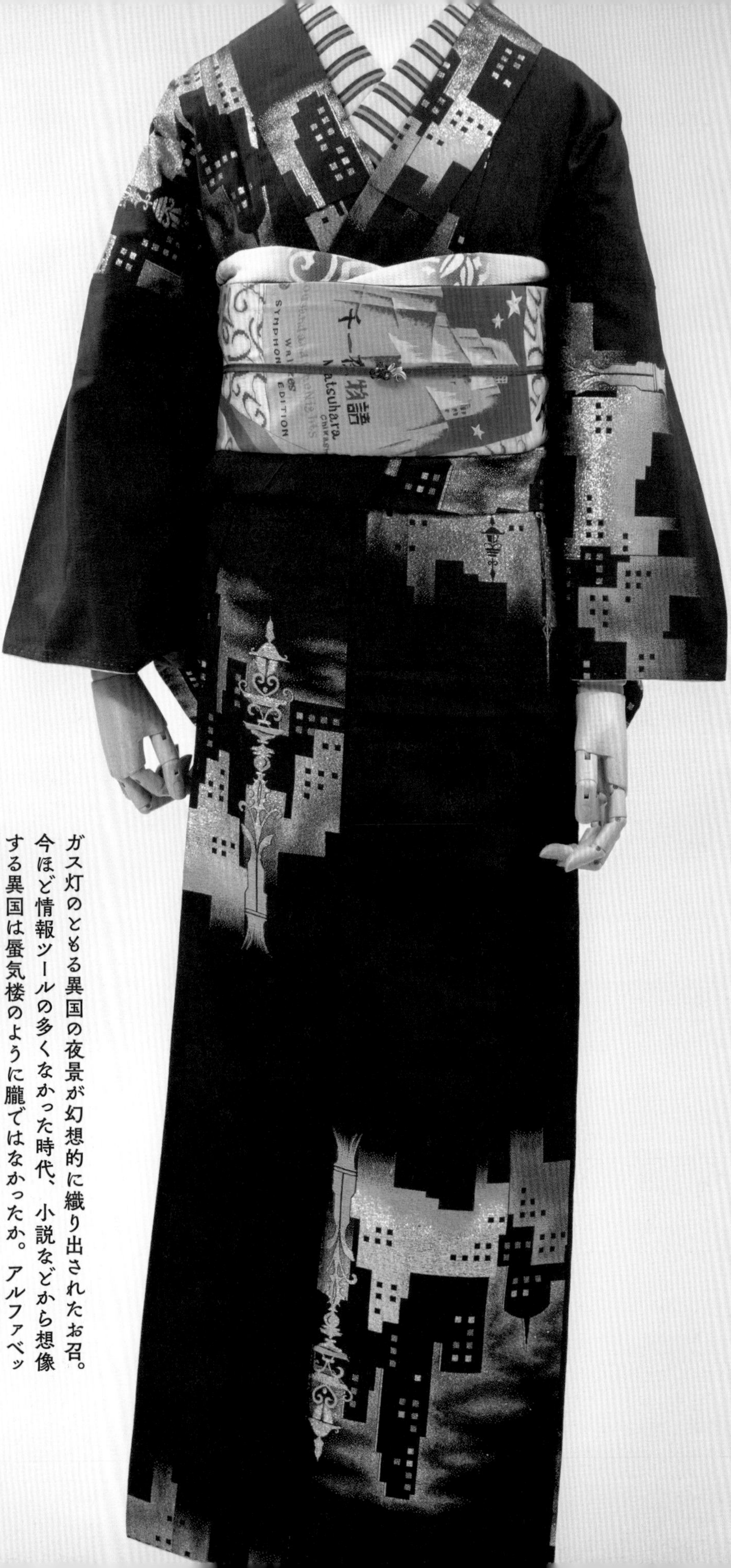


ガス灯のともる異国の夜景が幻想的に織り出されたお召。今ほど情報ツールの多くなかった時代、小説などから想像する異国は蜃気楼のように朧ではなかったか。アルファベットで埋め尽くされ、『千一夜物語』など流行歌の楽譜の表紙柄が描かれた帯を合わせて、遠い国の夢を見る装いに。『蓼喰ふ虫』、にかけて虫の帯留。虫食う虫だが……。［T］

「面白いのかい、その本は？　大分熱心ぢやないか」

「面白いよ、なか〳〵、……」

要は一旦テーブルの上に伏せた洋書を取り出して、それを自分にだけ見えるやうに顔の前へ立てゝゐた。開いたところの一方のページに裸体の女群が遊んでゐるハレムか何かの銅版の挿絵があるのである。＊

（著者注：主人公・要は『アラビアン・ナイト（千夜一夜物語）』を英文で読み続けている）

Column

# 物議をかもした谷崎作品

昭和三十一年（一九五六）五月、『鍵』（102頁）の猥褻性が国会で問題化され、法務委員会で議論になった。しかしその後の昭和三十六年（一九六一）には、『鍵』が欧米では高く評価されていることを、坂西志保が十一月一日付の朝日新聞朝刊に「谷崎文学の欧米での評価」という文章で紹介している。

「『鍵』は（著者注：欧米人にとって）大きなショックであった。しかも〝健全なショック〟ということばで表現していたのを、私は覚えている。〔中略〕谷崎氏の描く性は、なまな個人の経験ではない。長い歳月にわたって人類が悩み、苦しみ、戦って来た本能を浄化して、これこそ人間の本質である、と語っている、と評している。いいかえるなら、人間の思考と経験の集大成である、というのである」

日本では国会にまで持ち出されて、猥褻性が論議された『鍵』であったが、欧米ではこのように受け取られ、谷崎文学が次々と翻訳される契機ともなった。

若い頃から晩年にいたるまで、谷崎作品は、常に物議をかもし続けてきた。風俗壊乱、猥褻性、社会状況との齟齬など、理由はさまざまであったが、時代の変化とともに、問題は解消され、逆に時代を先取りした作品と評価されることも多かった。

谷崎は昭和四十年（一九六五）七月三十日に没した。逝去を報じる朝日新聞の夕刊は、生前の谷崎がさまざまな批判を受けたことに対し、「ヤボな弁明はいっさいしなかった。思想をナマに語ることは粋な江戸っ子はだが許さなかったのかも知れないが、日本の文人には珍しい強烈な個性をもっていたといえよう」と書いた。

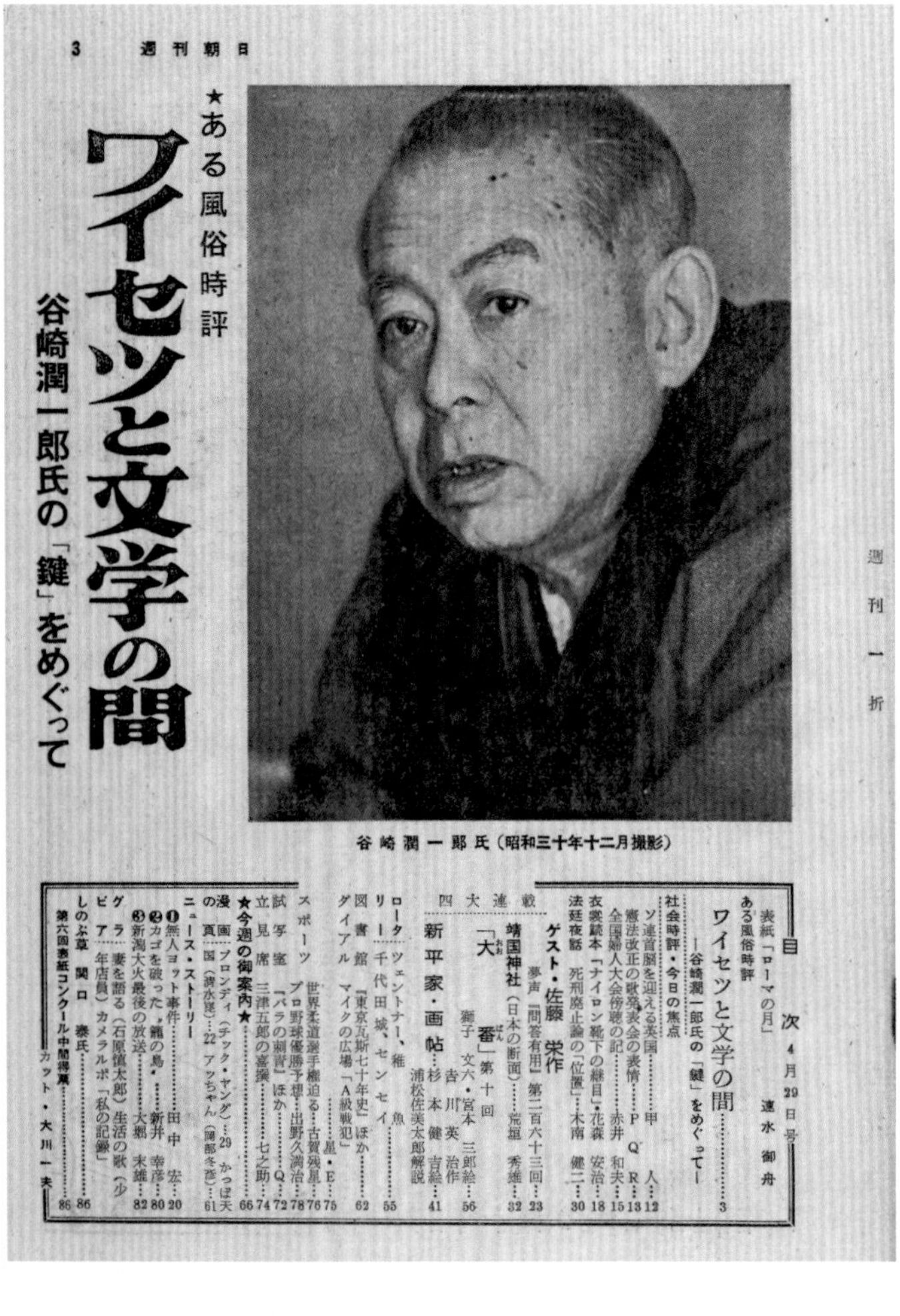

3　週刊朝日

★ある風俗時評

ワイセツと文学の間

谷崎潤一郎氏の「鍵」をめぐって

谷崎潤一郎氏（昭和三十年十二月撮影）

週刊一折

目次　4月29日号

表紙「ローマの月」　速水御舟

ある風俗時評

ワイセツと文学の間 ―谷崎潤一郎氏の「鍵」をめぐって―……3

社会時評・今日の焦点

ソ連首脳を迎える英国……甲　人…12

憲法改正の歌発表会の表情……P　Q　R…13

全国婦人大会傍聴の記……赤井　和夫…15

衣裳読本「ナイロン靴下の継目」・花森　安治…18

法廷夜話　死刑廃止論の「位置」…木南　健二…30

ゲスト・佐藤　栄作

夢声『問答有用』第二百六十三回…23

靖国神社（日本の断面）……荒垣　秀雄…32

四大連載

「大番」第十回　獅子　文六・宮本　三郎絵…56

吉川　英治作

新平家・画帖…杉本　健吉絵…41

浦松佐美太郎解説

ロータリー　ツェントナー、稚魚…55

千代田城、センセイ

図書館「東京瓦斯七十年史」ほか…62

ダイアル　マイクの広場「A級戦犯」

………星・E…75

スポーツ　世界柔道選手権迫る…古賀残星…76

プロ野球優勝予想…出野久満治…78

試写室「バラの刺青」ほか……Q…72

立見席　三津五郎の喜撰……七之助…74

★今週の御案内★…66

漫画の頁　ブロンディ（チック・ヤング）…29　かっぱ天国（清水崑）…22　アッちゃん（岡部冬彦）…61

ニュース・ストーリー

❶無人ヨット事件……田中　宏…20

❷カゴを破った〝籠の鳥〟……新井　幸彦…80

❸新潟大火最後の放送……大堀　末雄…82

グラビア　妻を語る（石原慎太郎）生活の歌（少年店員）カメラルポ「私の記録」

しのぶ草　関口　泰氏…86

第六回表紙コンクール中間得票…86

カット・大川一夫

『鍵』第二回発表後の『週刊朝日』61巻18号（昭和三十一年［1956］四月二十九日発行）では、特集「ワイセツと文学の間　谷崎潤一郎氏の『鍵』をめぐって」が組まれ、物議を醸した。日本近代文学館蔵

# 第三章

# 佐藤春夫

# 谷崎と佐藤春夫

## 作家二人の確執

佐藤春夫（明治二十五年［一八九二］〜昭和三十九年［一九六四］）が作家として世に認められた経緯の中で谷崎の果たした役割は大きく、春夫はそのことに感謝していた。大正七年（一九一八）、春夫は谷崎の推薦によって『中央公論』七月号に『李太白』を掲載し、同年やはり谷崎の斡旋によって『中外』九月号に『田園の憂鬱』を掲載。自然主義文学が隆盛を極めていた時代の中で、ともに耽美的な作風を持つ二人は、互いの希少な才能を認め合う仲であり、私生活においても親しく交流していた。

　すでに触れたが、谷崎と佐藤春夫は、千代をめぐって「小田原事件」「妻譲渡事件」と呼ばれる二つの騒動を起こし、二人は事件を題材にした小説や詩を発表し続け、作品を通して心情を表明しあった。そのような文学的応酬の中で、谷崎文学には、春夫と思われる人物が頻繁に登場したし、春夫の作品にも谷崎をモデルにした人物が登場した。

　春夫の詩を紹介する。

「あなたの夢は昨夜で二度しか見ないのに／あなたの亭主の夢はもう六ぺんも見た［中略］あなたの亭主の夢はながく見つづけて／その次の日には頭痛がする………／白状するが私は　一度あなたの亭主を／殺してしまつたあとの夢を見たいものだ／私がどれだけ後悔してゐるだらうかどうかを」（『大正十一年十二月「或る人に」』、佐藤春夫『我が一九二二年：詩文集』一九二三年、新潮社）

「殺してしまったあとの夢」という言葉からは、激しい葛藤が感じられる。

　しかし、大正末頃、二人は和解する。

「実は僕、このごろ情婦が出来たのだ。かういふ事になつて以前の君との交渉を考へてみると、僕は君のそのころの生活の一面に就て全然理解が足りなかつたのに気がついたのだ。［中略］もう以前の、終生消えまいとまで思込んだ怨恨は根こそぎどこかへ行つてしまつた」（佐藤春夫『去年の雪いまいづこ』、『婦人公論』昭和二年［一九二七］一〜十月号掲載）。

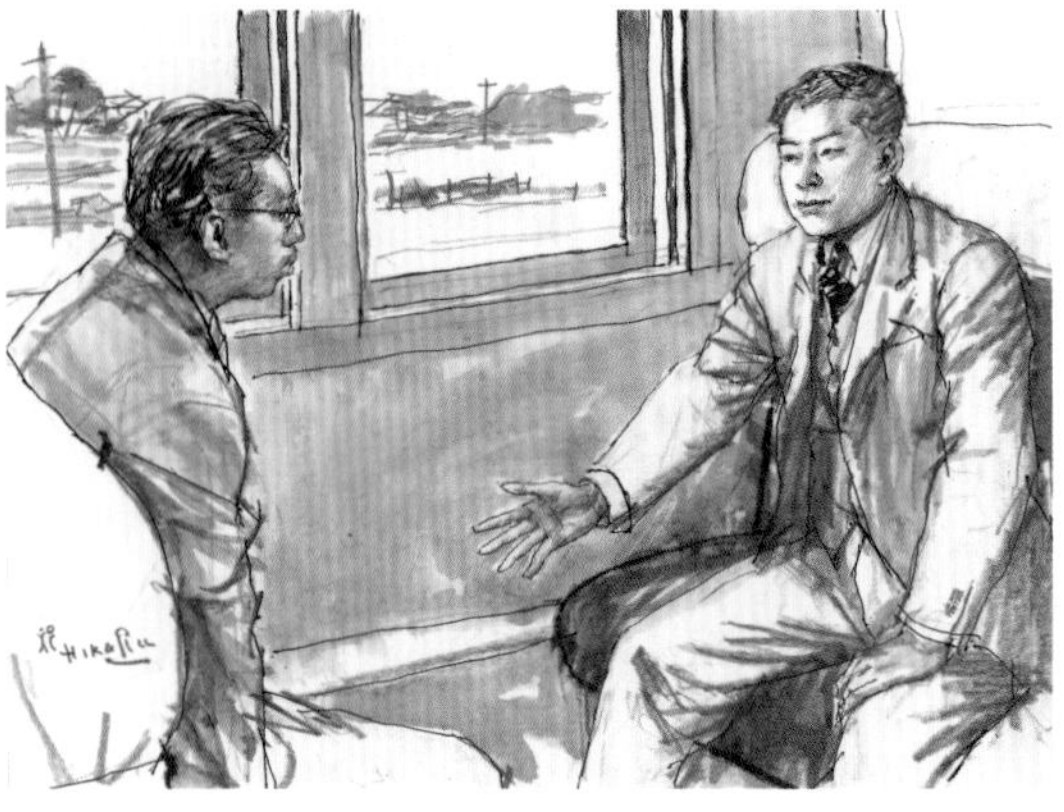

小田原から東京に向かう汽車に同乗した際、谷崎は春夫に千代との結婚を持ちかけた。この頃、谷崎は千代の妹・せいとの再婚を希望していた。

　和解後、再度春夫と千代の結婚について協議されることになったが、一番の問題は、谷崎と千代の娘・鮎子のことだった。多感な少女期にある鮎子が両親の離婚と、母の再婚をどう受け止めるか、誰もが不安に思った。しかし鮎子は子ども好きな春夫に以前から懐いていたこともあって、結局は再婚という結論に達したのである。

　この時、三人連名の挨拶状を配って、関係者に離婚と結婚を報告したが、そのことが、妻をまるで物のようにやり取りしたかのような印象を与えたのか、「妻譲渡事件」と新聞や雑誌に書き立てられ、大騒動に発展してしまった。

## 慕われた春夫・千代夫妻

「千代夫人は兄の家を去り、小石川の佐藤家に住んでからは、次第に強くなっていった。長男方哉（まさや）が出来てからは益、しっかりして来

# 佐藤春夫の着物

**夏の着物**
透ける絹の薄物は、春夫がお洒落だったことをしのばせる。高橋百百子氏蔵

千代をないがしろにする谷崎に、春夫は意見した。千代の可憐にして愛すべき、そして尊敬すべき一面を春夫は熱心に語り、谷崎にもわかってもらえたと思った。しかし谷崎は千代を愛することはできたが、好むことはできなかった。

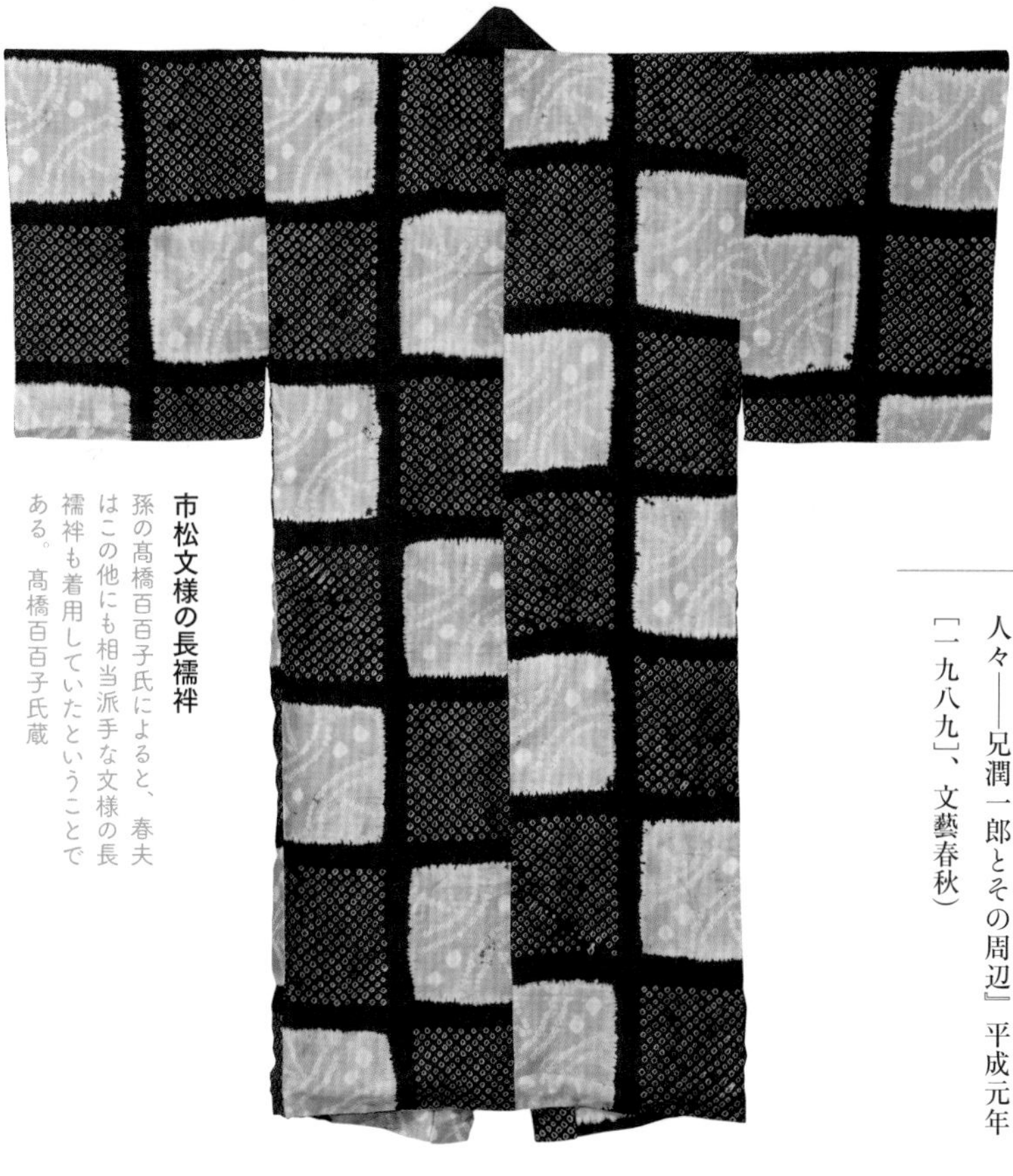

**市松文様の長襦袢**
孫の高橋百百子氏によると、春夫はこの他にも相当派手な文様の長襦袢も着用していたということである。高橋百百子氏蔵

たようだ。門弟三千人と称して、そのサロンは毎晩の様に賑わった。出版社の人・新聞社の人・若手の作家達で盛んだった。

賑かに若い人をもてなすのは谷崎の家からの続きだった。それにしても兄は仕事中は誰にも会わなかったが、佐藤氏は大変つき合いがよかった。台所も大変だったろうと思う」（谷崎終平『懐しき人々――兄潤一郎とその周辺』平成元年［一九八九］、文藝春秋）

# 佐藤春夫ゆかりの品

**帽子**
中央の帽子はミンクの毛皮。下のミンク襟のマントと対になっている。髙橋百百子氏蔵

谷崎には「涙っぽい」と嫌われた千代であったが、春夫の妻になってからは、本来持っていた明るさが発揮されるようになったようだ。女性は、一緒になった相手によっ

**マント**
髙橋百百子氏蔵

**◀『探美の夜』第四章の五、『主婦と生活』昭和三十三年（1958）十月号**
春夫と千代の結婚話が再度持ち上がった。皆が一番心配したのは、谷崎と千代のひとり娘・鮎子の気持ちであったが、話を聞かされた彼女は涙を浮かべながらも納得した。弥生美術館蔵

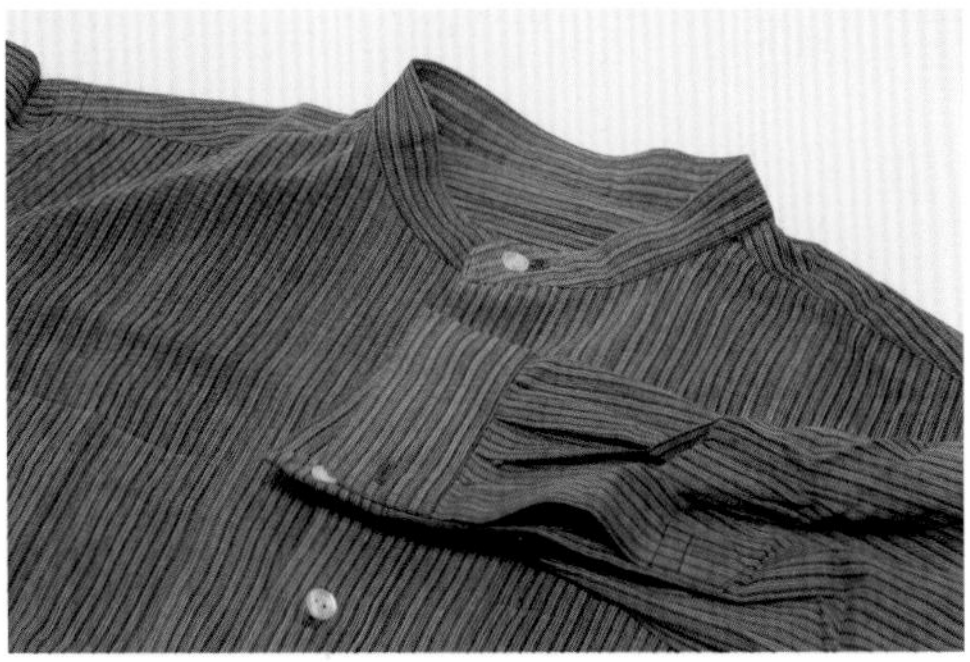

**シャツ**
和服の中に着る。髙橋百百子氏蔵

て、こうも変わるのである。いや、それは女性に限ったことではなく、男も女も相手次第で変わり、新たな人間性が形成されていく。

谷崎の実妹・伊勢の歓迎会の写真がある（42頁）。ブラジルに移住していた伊勢が、この頃、日本に帰ってきたのだ。谷崎の実弟や実妹たちも、佐藤家に集まっているところが、驚きである。終平や伊勢にとって、千代も春夫も血縁者ではなく、言ってみれば兄の元妻とその再婚相手に過ぎないわけで、そんな二人の家庭に、妻の元夫の親族が楽しく集うというのは、世間一般の感覚では理解しがたい。しかも、この写真では六十歳くらいのせいも、一緒になって笑っている。すでに述べたように、せいは千代の妹で谷崎作『痴人の愛』のナオミのモデルとなった女性である。実の妹でありながら、千代にとっては夫の愛を奪った女性で、そのせいまでが、千代や谷崎の兄弟と一緒になって団欒している様子は、他人から見ると不思議な印象を受ける。

谷崎は春夫と千代の結婚を一度は許したものの、前言をひるがえした。春夫は激怒し、谷崎に絶交を言い渡した。

「門弟三千人」とも称されるほど多くの文壇人から慕われた春夫であるが、文壇人ばかりではなく、谷崎の兄妹までが春夫の元に集まったということに、春夫の、そして千代の人柄が偲ばれる。谷崎と千代の娘・鮎子は、長じて春夫の甥・龍児と結婚し、以後佐藤家と谷崎家は姻戚関係となっていた。

「佐藤氏も仲々の艶福家であって、大分細君を泣かせもし、反対に取っちめられもした。最早千代夫人はめそめそと泣いている人ではなくなっていた。外出するなら何処までも一緒に着いて行くというので氏も閉口したらしい」（谷崎終平、前掲書）

「こぼれ松葉をかきあつめ／をとめのごとき君なりき、／こぼれ松葉に火をはなちわらべのごときわれなりき。［後略］」という「海辺の恋」は、春夫が千代との恋をうたった詩。大正十年（一九二一）の『殉情詩集』（新潮社）に収録されたもので、平成二十二年（二〇一〇）、シンガーソングライターの小椋佳が曲をつけて歌い、平成の人々にも親しまれた。

春夫は恋多き人で、千代と一緒になってからも恋愛沙汰はあったようだが、二人は生涯をともにし、春夫は昭和三十九年（一九六四）に亡くなった。春夫没後、千代は一年以上沈んでいたという。一方、谷崎は「（著者注：鮎子はじめ家族を）後は佐藤が何とかしてくれると思ったのに」と言って泣いたという（高橋百百子「祖父の涙」、『谷崎潤一郎記念館ニュース』二十六号、平成十年［一九九八］十月掲載）。春夫へ寄せていた谷崎の信頼を物語るエピソードである。

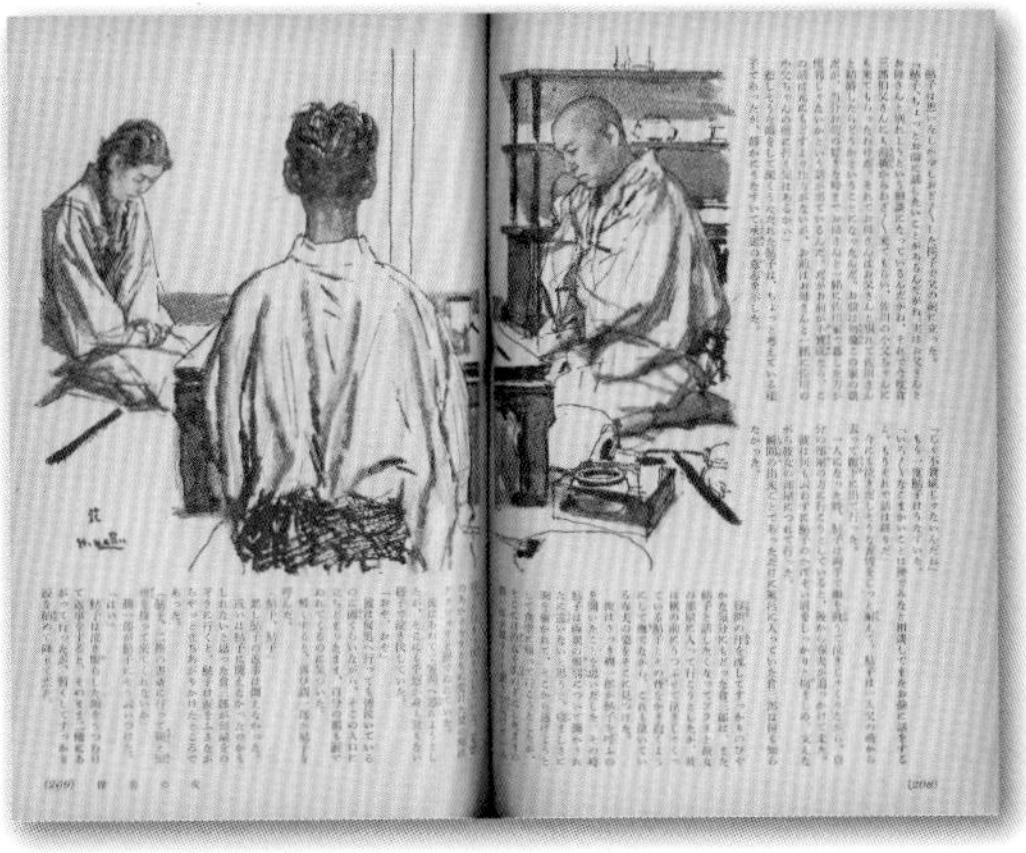

# 佐藤春夫ゆかりの品

**指輪**

奥村博史の制作。奥村は平塚らいてうの夫で、洋画家であったが、かたわら創作ジュエリーの制作にはげみ、この分野の先駆者となった。赤い大きな石をがっちりした台座が支え、荒々しい魅力を発している。髙橋百百子氏蔵

左・春夫と右・谷崎。紀伊勝浦の赤嶋温泉にて。昭和五年（1930）八月。二人で撮った唯一の写真。写真提供：新宮市立佐藤春夫記念館

かつて世間を騒がせた春夫と千代も、戦後は長年連れ添った夫婦の表情に。昭和二十七年（1952）、集合写真の部分。写真提供：新宮市立佐藤春夫記念館

谷崎の妹・伊勢がブラジルから帰国した際に春夫の家にて催された歓迎会。昭和三十六年（1961）。前列左から百百子（谷崎の血縁上の孫であり、春夫の戸籍上の孫）、千代、伊勢、一人おいて有多子（百百子の妹）、春夫、後列左から終平、せい、鮎子（谷崎の娘）、龍児（春夫の甥で鮎子の夫）。写真提供：髙橋百百子氏

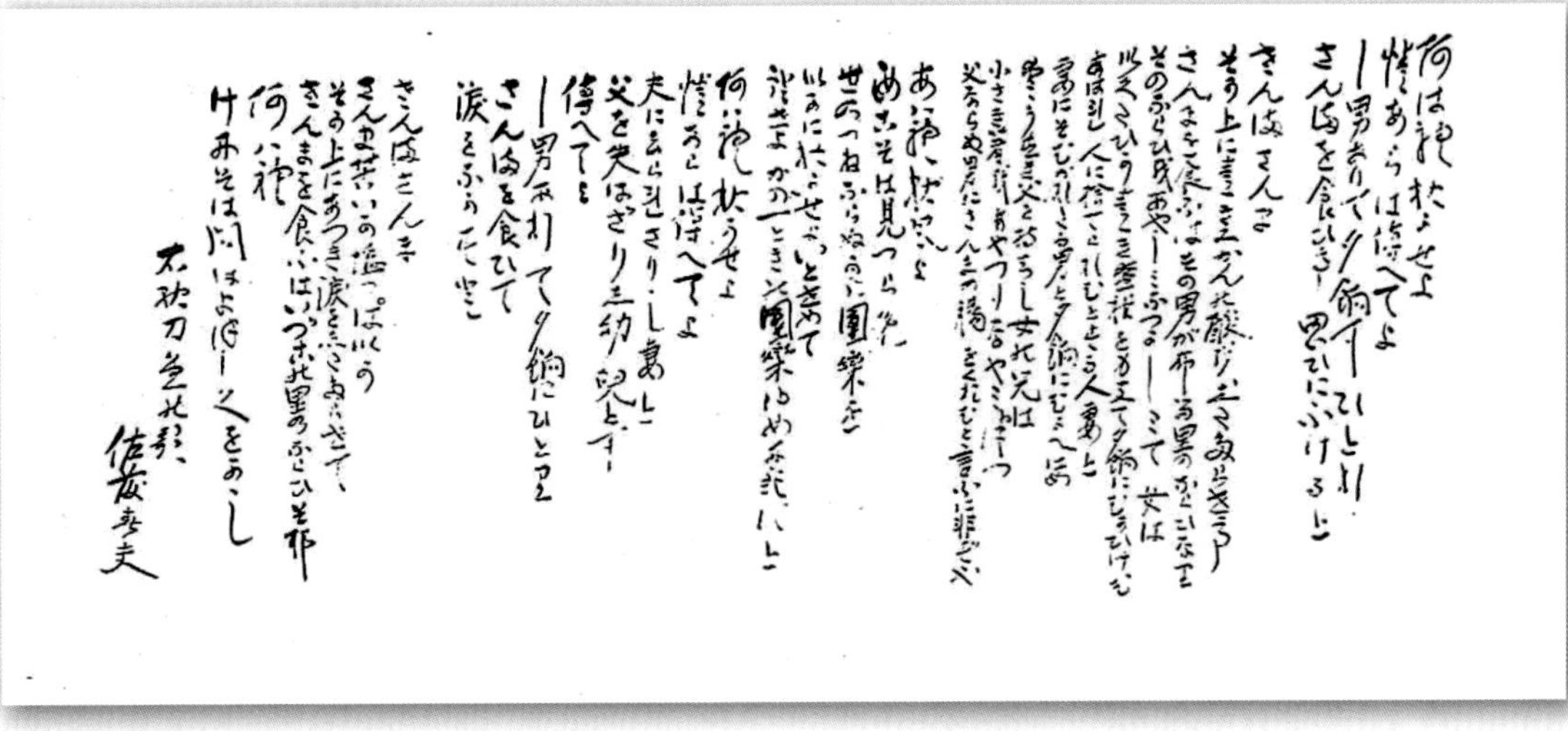

**佐藤春夫「秋刀魚の歌」**

『我が一九二二年：詩文集』（大正十二年〔1923〕、新潮社）に収録。小田原事件で谷崎と絶交中の春夫が、千代や鮎子とともに秋刀魚を食した夕餉を懐かしんでうたった詩。「あはれ／秋風よ／情あらば伝へてよ、／夫を失はざりし妻と／父を失はざりし幼児とに伝へてよ／――男ありて／今日の夕餉に　ひとり／さんまを食ひて／涙をながす　と」新宮市立佐藤春夫記念館蔵

# 佐藤春夫
## 『心驕（おご）れる女』

『大阪朝日新聞』昭和五年（一九三〇）一月一日～六月二十日掲載

婚約者に去られた資産家の娘・金子が、去った男・森山に対して復讐する物語。執筆当時の春夫には小田原事件後に結婚した妻・タミがいたが、春夫は彼女の嫉妬深いヒステリックな性質に辟易していた。そんな春夫の心情を、反映した作品。

作品連載終了とほぼ同時に春夫はタミと離婚し、執筆の疲れを癒すため谷崎家の客となり、そこで谷崎に、千代との結婚話を持ちかけられた。再度持ち上がった千代と春夫の結婚話は、二人の絶交から十年を経て、今度こそ現実のものとなった。

谷崎、千代、春夫の関係が劇的に変化、進行し、最終的な結論に結びついてゆく時間的な推移の中で『心驕れる女』は執筆されていたことになる。

其の四　一年振りで郷里から上京された作家
佐藤春夫氏夫妻を尋ねての家庭漫談

**『婦人グラフ』大正十四年（1925）12 月号**

この写真が撮られた時期、谷崎と春夫は絶交中で、春夫と一緒にいるのは、大正十三年（1924）に結婚したタミ。記者からどんな作家のものが好きかという質問を受けて彼女は「谷崎氏の物など好きです」と答えている。記者が「潤一郎氏ですか?」と聞き返すと、夫人は「えゝ」。それに春夫があわてて「いや断つてをくが僕は潤一郎は嫌だよ」と抗議するように口をはさんでいる。タミは春夫の女性関係に嫉妬して、谷崎の元に相談に行った。しかし、このタミの行動が谷崎と春夫の交流復活のきっかけとなった。竹久夢二美術館蔵

特集

# 日本の探偵小説事始め

## 探偵小説の中興の祖、谷崎

現在、「推理小説」「ミステリー小説」と呼ばれる一大ジャンルは、明治～昭和二十年代前半までは「探偵小説」という呼称が一般的だった。日本の〝探偵小説の父〟と呼ばれる黒岩涙香は、主筆を務めた『都新聞』や自ら創刊した『萬朝報』で、海外のミステリー小説を翻案して連載し人気を博した。明治二十二年（一八八九）には日本人初の創作探偵小説といわれる『無惨』を発表。探偵小説の人気は高まり、デビューして間もない泉鏡花の初の単行本『活人形』（明治二十六年［一八九三］）も春陽堂の「探偵小説」シリーズの一冊であった。しかし、奇をてらった俗なもの、との批判も高まり、探偵小説ブームは次第に衰えていった。

明治三十年代には、当時人気の高かった家庭小説の騎手・尾崎紅葉、徳冨蘆花、菊池幽芳らが、ミステリー調の作品を書いている。また、シャーロック・ホームズ作品が体系的に紹介され、のちに岡本綺堂は、ホームズに影響を受け『半七捕物帳』（大正六年［一九一七］～）のシリーズを開始した。

谷崎潤一郎は〝探偵小説の中興の祖〟といわれる。「悪魔主義」と呼ばれた作品の中には、犯罪もたびたび登場する。『秘密』（明治四十四年［一九一一］）、『白昼鬼語』（大正七年［一九一八］）などが挙げられるが、なかでも、大正九年（一九二〇）の『途上』は、「探偵小説に一つの時代を画するもの」、「これが日本の探偵小説だといって外国人に誇り得るもの」（江戸川乱歩『日本の誇り得る探偵小説』、『新青年増刊』大正十四年［一九二五］八月号）と江戸川乱歩が絶賛し、『D坂の殺人事件』の中にも登場させている。

大正半ば頃には、芥川龍之介なども犯罪・怪奇の色濃いミステリー調の作品を発表していたが、乱歩は「谷崎、芥川、佐藤とならべると、佐藤春夫が最も純探偵小説に近い作品を書いている」（江戸川乱歩『解説』、『日本推理小説大系第一巻　明治大正集』昭和三十五年［一九六〇］）と述べている。その佐藤春夫作品の中でも特筆されるのが『指紋』（大正七年［一九一八］）で、雑誌掲載時の副題は「私の不幸な友人の一生に就ての怪奇な探偵的物語」であった。語り手の「私」（佐藤という名の作家）が、親友について回想するという形式で書かれている。同作を創作するにあたり、佐藤に探偵小説を書くように勧めたのが、エドガー・アラン・ポーの短編小説『モルグ街の殺人』に耽溺していた谷崎だった（ちなみに、ポーの訳者として知られた谷崎精二は実弟）。当時新たな作品を書けず困窮していた佐藤に探偵小説を書かせるよう、雑誌の編集者に推薦もしていたという。谷崎は『指紋』について、「今迄書いた何物よりも佳い」と評していた。

こうして純文学の作家たちがミステリー風の作品を書いたことで、探偵小説は一部の愛好家だけのものにとどまらぬ広がりをみせていった。大正十年（一九二一）に横溝正史が、大正十二年（一九二三）に江戸川乱歩が雑誌『新青年』でデビューし、戦争が始まるまでの間、探偵小説は黄金時代を迎えた。日本を代表するこの二人の推理小説家はいずれも谷崎作品に傾倒していた。横溝は「探偵作家と呼ばれているひとびとのうち、戦前派に属する作家たちの大部分が、いろいろな意味で谷崎先生の文学の影響を、ひじょうに大きくうけていることは否定できないようだが、とりわけわたしはそれがひどいようである」（横溝正史『谷崎先生と日本探偵小説』、『谷崎全集月報』昭和三十四年［一九五九］五月）と語り、自作の『真珠郎』（昭和十二年［一九三七］）単行本の題字の揮毫を谷崎に依頼している。

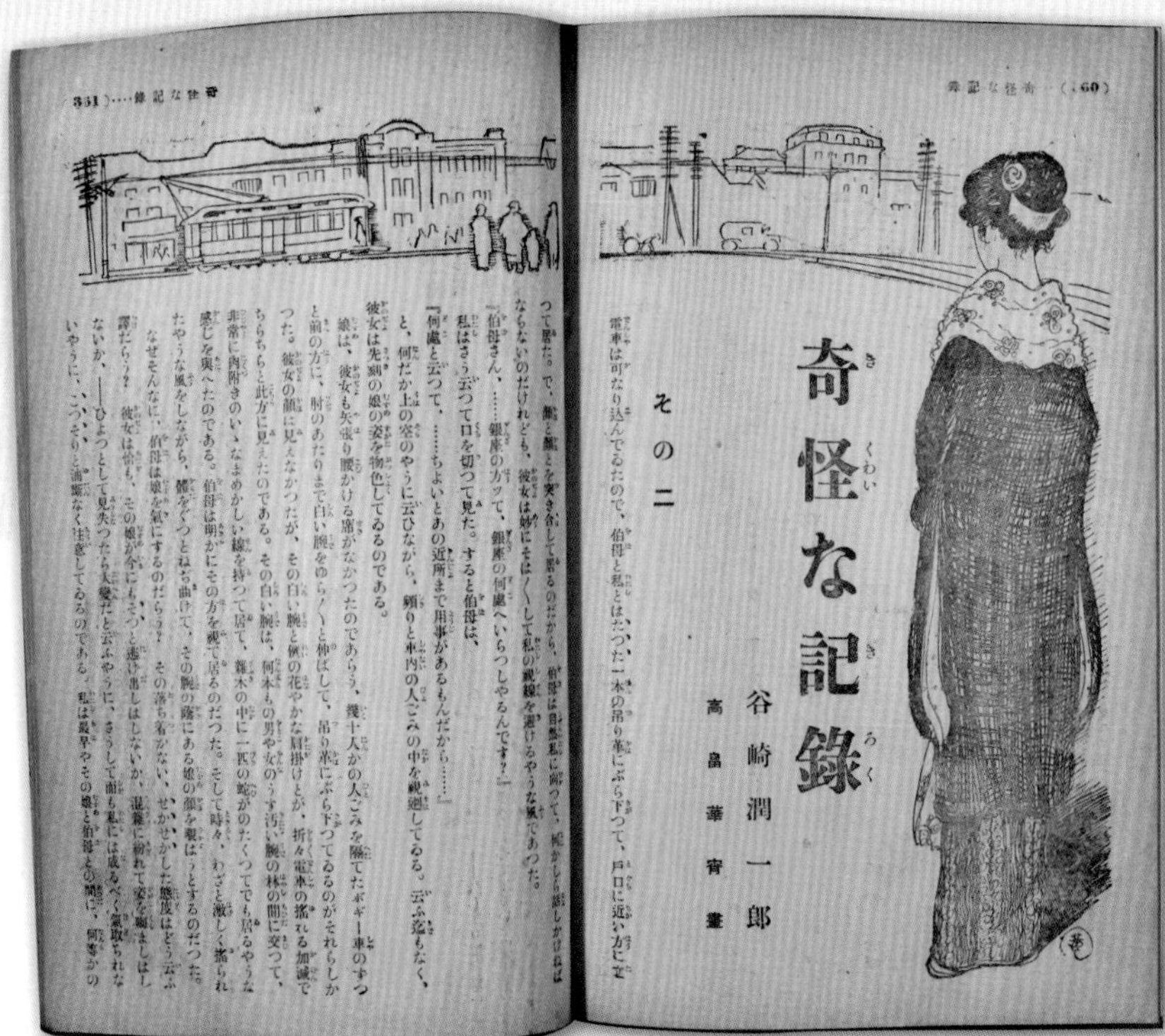


## 『奇怪な記録』

『現代』大正十一年(一九二二)二月号
挿画・高畠華宵
日本近代文学館蔵
本作は大正十一年新年特大号と二月号の『現代』に掲載されたが、未完のまま終了した。

電車の停留場で華やかなショールの美少女と出会い、次第に従妹の光代ではないか?と思い始めた。もう六~七年も会っていないので、はっきりしないところもあるが、私は思い切って「失礼ですが、光代さんではありませんか?」と声をかけた。しかし相手は返事をしなかった。人違いだと思っているところに、今度は彼女の母親である伯母が現れ、少女のあとをつけてくれという。少女はやはり光代だったのである。

読者を謎に引き込んでおきながら、話はここまで中断。事件はまだ何も起きてはいないのだが、謎が謎を呼ぶ展開に読者は妙に引き込まれる。

## 佐藤春夫『病める薔薇』

大正七年(一九一八)／天佑社
新宮市立佐藤春夫記念館蔵
『指紋』他九篇の短編を収録。

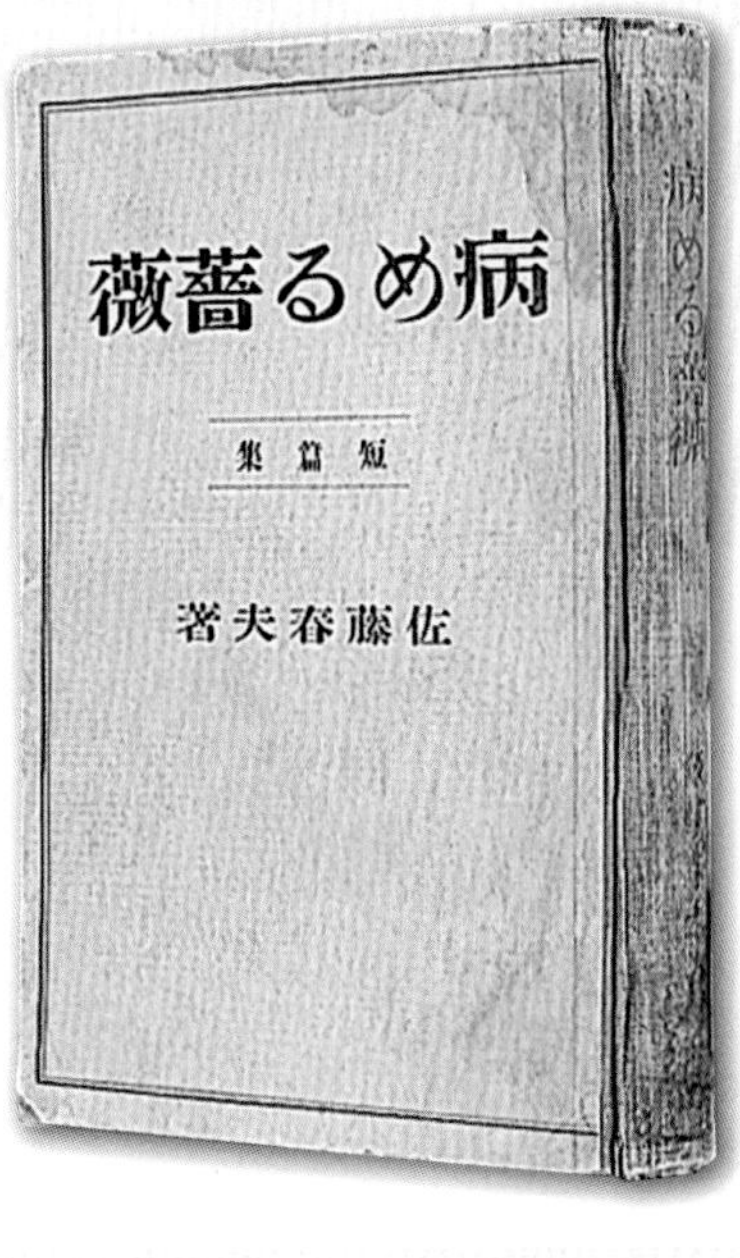


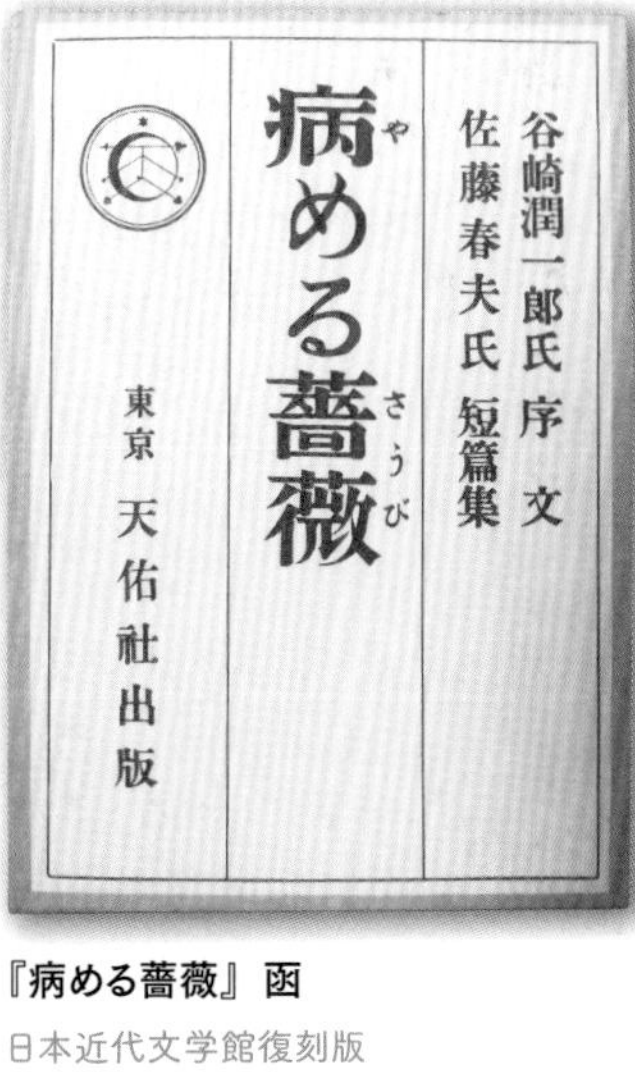


『病める薔薇』函
日本近代文学館復刻版
新宮市立佐藤春夫記念館蔵

# 田中翼アンティーク着物 × 谷崎文学『奇怪な記録』

## 大正浪漫の香り漂う、大胆な文様。

小説の中の描写と、高畠華宵の挿絵から連想した装い。蝶が飛ぶ可憐な錦紗の小紋に、大正末期らしい大胆な薔薇の帯を合わせた装いは、どこかすました印象で流行女優の雰囲気を思わせる。たっぷりと見せた半衿も薔薇。当時は半衿も帯揚げもたっぷりと見せるスタイルがスタンダードだった。[T]

私が直ぐに気が付いたのは、その五六人の中に一人の若い女が居て、それが派手なショールを纏つた後ろ姿を此方（こちら）へ向けて、待つて居る電車とは反対の方角に顔を外らしながら、佇（たたず）んで居たことである。今考へるとそんなに忙（せわ）しい中でその姿に気が付いたのは不思議だけれども、パツと眼の覚めるやうな花やかなショールの色彩が、疲労の結果麻痺して居た私の視神経に、軽い刺戟を与へた為めであつたかも知れない。*

Column

# 谷崎家、佐藤家、竹田家のこと

本書には、谷崎の孫にあたる髙橋百百子氏のご協力により、谷崎文学の主要なモデルとなった、千代、春夫、せい、松子の愛用品や、家族の写真を多く掲載することができた。ここに百百子氏からお聞きした彼等の交流の経緯をまとめた。

谷崎と千代の娘・鮎子は、千代が佐藤春夫に嫁いだ際に同行し（第二、三章参照）、十四歳からは東京の佐藤家で育った。鮎子は春夫や佐藤家の曽祖父たちに大変可愛がられた。

昭和十四年（一九三九）、鮎子と春夫の甥の竹田龍児が結婚し、佐藤家と谷崎家は親戚関係となった。二人の間に誕生した、長女・百百子、長男・長男、次女・有多子の三人には、佐藤家、谷崎家双方の血が流れていることになる。

龍児は、春夫の姉・保子の子で、一時春夫の養子になっていた。しかし春夫と千代との間に方哉が生まれた際、春夫の弟・夏樹の養子になった。その夏樹が春夫の母方である竹田家の養子になっていた関係で竹田姓になった。

昭和三十年頃の佐藤春夫（左）と養子・龍児（右）。
写真提供：髙橋百百子氏

戦中は、春夫と千代の夫婦と方哉、鮎子と百百子の五人で長野県北佐久郡に疎開した。竹田家は昭和二十二年（一九四七）頃東京に戻ったが、春夫は昭和二十六年（一九五一）まで生活の拠点を佐久に置いた。谷崎の子ども嫌いは有名だが、春夫は逆に子ども好きだったという。お手伝いがいなかった疎開先では、赤ん坊の面倒を見るのは、春夫の役目になっていた。

春夫、千代、方哉の佐藤家と、龍児、鮎子、百百子、長男、有多子の竹田家は家屋も近く、両家は、頻繁に交流しながら日常を送った。

谷崎と松子夫妻が佐藤家や竹田家に来ることはなかったが、孫たちから会いに行くことはあった。昭和二十四年（一九四九）に有多子が生まれ、母の鮎子は子育てに忙しくて同行できなかったが、百百子と長男は二人で熱海の谷崎家に遊びに行った。有多子が成長してからは、鮎子も同行することになったが、あまり行きたがらなかったので、祖母・千代が行くように促していたと言う。「佐藤家、竹田家が谷崎家と疎遠になったら良くない」という思いが祖母にはあったのだろうと、百百子氏は推測する。

松子は社交的で、表面的にはソフトだが、芯のしっかりした人だった。谷崎が亡くなってから、百百子氏はよく松子のもとに遊びに行き、その際、指輪などを譲られた。

千代の妹で、『痴人の愛』のナオミのモデルになったせいは、昭和初期に結婚してから長く神戸におり、夫の和嶋氏が亡くなってからは、東京にきて、一時期佐藤方哉の家にいたが、その後近くにアパートを借りて一人で住んだ。非常に社交的な人で近所中に知り合いを作ってきては、家に上がりこんで、ご飯までいただいてくるようなこともあったという。

多くの文壇人に慕われた春夫の門人とされている中には、井伏鱒二、太宰治、檀一雄、吉行淳之介、稲垣足穂、龍胆寺雄、柴田錬三郎、中村真一郎、五味康祐、遠藤周作、安岡章太郎、井上靖など、のちに高名な作家になった者が多くいる。他にも出版関係の人々が家に出入りしたのだから、台所を受け持つ千代もなかなか大変だったのだろう。

千代自身は谷崎と離婚したにもかかわらず、再婚した家庭に前夫の弟や妹も遊びに来たというのは、やはり千代の人柄が大きかったと思われる。千代はいわゆる〝がらっぱち〟なタイプだが、内弁慶で、公の場所に出るのは好きではなかったという。春夫が文化勲章を受章したときの式典にも出席しなかった。音楽会や講演会に招待されると、百百子氏が春夫に付き添って行かされていたということである。

松子から譲られた着物と帯を着用する百百子。写真提供：髙橋百百子氏。着物は枝垂れ桜文様。昭和五十三年頃か。髙橋百百子氏蔵

# 第四章　せい

# 谷崎とせい

## 小悪魔的な美少女

せいは、先に紹介した初と千代の妹である。明治三十五年（一九〇二）生まれで、千代より六歳年下。早くから妖女の片鱗を見せ、悪女型が好きな谷崎は彼女に惹かるようになった。

初をあきらめ千代と結婚、その千代の良妻賢母ぶりに落胆した谷崎の目に留まったのは、まるで初を少女時代に戻したかのような、せいという魅惑的な美少女だった。

『探美の夜』（6頁）によると、せいが十四歳の頃から谷崎はその小悪魔的な魅力に気づき始めたようであるが、十五歳で自分の家に引き取り、決定的な関係に陥ったのは、十六歳の頃だったという。

初、千代、せいの姉妹は群馬県前橋の出身で、小林巳之助とはまの間に生まれたが、千代が伯母サダの養女になり石川姓となった。つまり、千代にはサダを養う義務があったので、谷崎の家にはサダも同居した。その千代が谷崎と結婚して谷崎姓になったため、代わりにせいが石川の家を継ぐことになり、せいも谷崎家に同居することになったのである。

自分の家で面倒を見るようになってから、谷崎はせいを英語塾や声楽を習いに通わせ、着物や持ち物を次々と買い与えるようになった。谷崎が、妹をそのように可愛がるのを、人のいい千代はありがたいと感謝して、何の疑念も抱かなかったという。人を疑うことを知らない千代の善良さが、谷崎には「愚鈍」と感じられたようだ。

せいは谷崎の家に引き取られてから、声楽や英語を習いに行くようになった。袴を穿いてリボンをつけ、せいは憧れの女学生になりすました。

## 谷崎の面倒見のよい一面

谷崎の末弟・終平は周囲の人々が谷崎とせいの関係を怪しみ、千代に忠告するたび、千代は「冗談じゃない、おせいは私の妹ですよ！」と怒って、忠告した相手を謝らせたとし、「そういう処は一途な人だった」（谷崎終平、前掲書）と回想している。

せいのお転婆ぶりや、すらりとした少年のような体つきが谷崎を強烈に惹きつけた。

ちなみに終平も十歳から谷崎の家で養育された。せいは終平より六歳年上だから、終平が谷崎家に来たときには、すでに谷崎とせいの関係は進行していたことになる。

それにしても、千代の養母、千代の妹、自分の弟を自宅で養ったというところに、谷崎の懐の深さが垣間見られるのではないだろうか。今日とは時代が違い、家長、長兄という立場であれば、それが当たり前という考えもあったであろうが、そればかりではなく、谷崎は他の兄弟についても、さまざまなかたちで経済的な支援を続けた。谷崎は七人きょうだいの長男（谷崎の上に早逝した兄がいた）で、両親が亡くなったとき、独立前の妹や弟が多かったのである。

娘・鮎子の誕生に際しては「少しも可愛くない」などと書いて悪ぶってみせる谷崎であったが、反面、弟妹の世話に心を砕く兄としての自分については、まったく書いていない。谷崎は「悪魔主義」の仮面を被りたがったが、仮面の下には、案外温かな血が流れていたことも確かなのである。

谷崎はやがて本気でせいとの結婚を考えるようになった。しかし、せいにしてみれば十六歳も年上の谷崎は、小遣いをくれる気前の良いおじさんではあるが、恋愛の対象ではなかったらしい。

ある日、せいは家出をする。ようやく探し当てたせいは芸者になっていた。昔は芸者に憧れたが、その頃はすでに古臭いものと感じ、せいを新しい時代のスターとして女優に育てようとしていた谷崎は驚き、芸者をやめるように言う。

## 映画作りへの理想と現実

谷崎がせいに惹かれた一因は、そのエキゾティックな容貌にあった。すらりと伸びた手脚、彫りの深い顔立ち、白い肌……若い頃の谷崎は西洋を崇拝し、西洋人の持つ容貌に憧れていた。大正六年（一九一七）に発表した『人魚の嘆き』には、西洋美人への憧憬があふれていた。大正十二年（一九二三）に発表した『肉塊』（『東京朝日新聞』『大阪朝日新聞』）の主人公・吉之助は、映画作りを始め、女優・グランドレンの魅力にのめりこんでゆく。「優越な人種の美貌」とグランドレンの美しさがたたえられ、彼女に対して妻の民子は「大きな花の前に出た醜い小さな虫」に例えられた。グランドレンのモデルはせいで、民子のモデルは千代。いうまでもなく、吉之助のモデルは谷崎自身である。

実際谷崎は、大正九年（一九二〇）に大正活映という映画会社が作られた際、脚本部顧問として参加。

大正十二年（1923）、左から谷崎、せい。他は映画仲間かと思われる。写真提供：髙橋百百子氏

せいは、不良少年たちと遊びふけるようになった。せいの奔放な行動に触発され、谷崎は『痴人の愛』を創作した。

ここで谷崎が関わった第一作目『アマチュア倶楽部』（大正九年［一九二〇］封切。シナリオの連載は『活動雑誌』大正十年［一九二一］六月～十月、栗原トーマスが手を入れたもの）でせいを主役に抜擢し、彼女は映画スター・葉山三千子となった。谷崎は映画作りに情熱を傾け、ハリウッド映画のような本格的な映画作りに野心を持った。彼が目指したのは、それまで日本で作られてきた時代劇とは異なる、斬新なものだったようである。

例えば、映画としては実現しなかった脚本『月の囁き』（『現代』大正十年新年、二、四月号）を読むと、月光を浴びた狂女が恋しい男を絞め殺しに行くという、耽美的、かつ幻想的な内容である。谷崎はこの作品によって、新しい映像美を試みたかったのであろう。

しかし当時の大衆が求めていたのは、娯楽的なチャンバラ時代劇だった。採算を度外視しては成り立たない映画というジャンルにおいて、谷崎は、思い通りに自分の美学を表現することの難しさに突き当たり、葛藤したのではないだろうか。

実現した耽美系映画としては、『葛飾砂子』『蛇性の婬』がある。『葛飾砂子』は泉鏡花の原作で、谷崎は鏡花文学を愛し、その作品は小説よりむしろ映画に適していると語っている（『映画雑感』、『新小説』大正十年三月号）。『蛇性の婬』のフィルムは現存しないが、上田秋成作『雨月物語』の一篇で、人間の美男に執着する大蛇の物語であることから、谷崎が映画において目指し

葉山三千子
「アマチュア倶楽部」に主演


映画『アマチュア倶楽部』はせいの水着姿が呼び物だった。この程度の露出でも当時は刺激的だったようである。

『アマチュア倶楽部』由比ヶ浜のロケ地での記念写真。前列左4人目から栗原トーマス、谷崎、葉山三千子（せい）。写真提供：芦屋市谷崎潤一郎記念館

せいの魅力が谷崎を魅了し続けた。

千代と別れ、せいとの結婚を考えている谷崎であったが、せいはその頃、映画仲間の岡田時彦と恋仲になっていた。

ていたのは耽美性幻想性の強いものだったと思われる。一方、『アマチュア倶楽部』そのものはドタバタ喜劇で、それが当時の大衆の求めるものであり、また女優・葉山三千子の限界だったのではないだろうか。

ちなみに、大正活映が、芸術路線から大衆路線に切り替えた際、谷崎は映画から手を引いた。

## せいの本当の姿

谷崎作品に登場するせいらしきヒロインたちは皆、異性関係が乱脈で、金使いの荒い女性である。せいは、女優時代、俳優の江川宇礼雄や岡田時彦との噂もあったが、昭和七年（一九三二）に和嶋彬夫と結婚してからは、よき妻となって生涯を共にした。谷崎の弟・終平は著書に、せいのことを「結婚したらキバなど無くなって、本当に良く夫に尽す良妻になってしまった。猛獣は彼女の若さに過ぎず、本態は並の主婦となるべき人であった」（谷崎終平、前掲書）と書き残している。案外せいは谷崎の意を汲み、猛獣型、妖婦型の女性を演じていただけなのかも知れない。

新しい映画作品『蛇性の婬』でせいはヒロインの役をもらえず、紅澤葉子が務めることになった。相手役は好意を持っていた岡田時彦だったこともあり、せいは怒りを爆発させて谷崎が書いた台本を破いた。

## せいゆかりの品

**オパールとダイヤの指輪**
八十代になってから、せい自ら古い指輪をデザインし直したもの。せいは、関東大震災で被災したとき、はめていた指輪と交換して水を入手した経験から、「ダイヤはいつも身につけておくべき」と言っていたという。髙橋百百子氏蔵

**ダイヤの指輪**
せいが八十歳になった記念に自分であつらえた指輪。購入先の店がお祝にステーキをごちそうしたところ、せいは二百グラムの肉をペロリとたいらげ、その健啖ぶりで皆を驚かせた。髙橋百百子氏蔵

# 谷崎文学とせい

## ●「モダンガール」のさきがけ

せいが谷崎作品の代表作の一つ『痴人の愛』のヒロイン・ナオミのモデルになったことはよく知られているが、他にも、せいを原型とする登場人物は谷崎の多くの小説や戯曲に登場する。『青い花』(『改造』大正十一年［一九二二］三月号)、『永遠の偶像』(『新潮』大正十一年三月号)、『赤い屋根』(『改造』大正十四年［一九二五］七月号)などに登場する、奔放で我儘、はすっぱな言葉使いで洋服や指輪を男にねだる女性は、せいを思わせる。

また、せい、千代の二人がモデルになっていると思われる作品も多い。『彼女の夫』(『中央公論』大正十一年四月春季大附録号)、『本牧夜話』(『改造』大正十一年七月号)、『愛なき人々』(『改造』大正十二年［一九二三］新年号)などであり、それらの作品において、せいがモデルとなった女性たちは、派手なナイトガウンを纏っていたり、洋服姿で登場することが多い。一方の千代がモデルになった女性たちは、「地味な縞柄」「地味な銘仙」の着物と設定されていた。

『読売新聞』大正十四年十月三日には、「ナヲミズム」と題して次のような記事が載った。

「［前略］文壇人が『痴人の愛』に就いて平静

## 『痴人の愛』

譲治は質素で真面目な青年だったが、浅草のカフェの女給見習いだったナオミに惹かれる。ナオミは混血児のような顔立ちをした十五歳の少女で、譲治は彼女が美しくなると見込み、どこに出しても恥ずかしくない女性に育てて妻にしたいと引き取る。

譲治はナオミに音楽や英語を習わせるが、身体の均整のとれた美しさ、無邪気で奔放な性格に夢中になる。成熟していくにつれて、ナオミはますます魅力的になり、譲治は彼女を崇拝し、わがまま放題にさせる。家事はさせず、荒れた家の中には店屋ものの器が積まれ、汚れた服が投げ捨てられ、月々の経費は収入をはるかに上回るようになった。二人はダンスを習いに通うが、そこで、ナオミが不良学生たちとつきあっていることを譲治は知る。ナオミに男遊びをやめさせようとした譲治であるが、かなわず、家出をされてからは去られる怖さから許容してしまう。彼女に服従することに、譲治はむしろ喜びさえ感じるようになっていくのであった。

大阪朝日新聞に連載されたが、人妻であるナオミが幾人もの大学生と性的な関係に陥るなど、検閲当局から良風美俗を損なう内容であると再三注意があった末、朝日新聞を降板し、『女性』という雑誌に舞台を移した。

『大阪朝日新聞』大正十三(一九二四)年三月二十日～六月十四日、『女性』大正十三年十一月臨時特別号～十四年(一九二五)七月号掲載

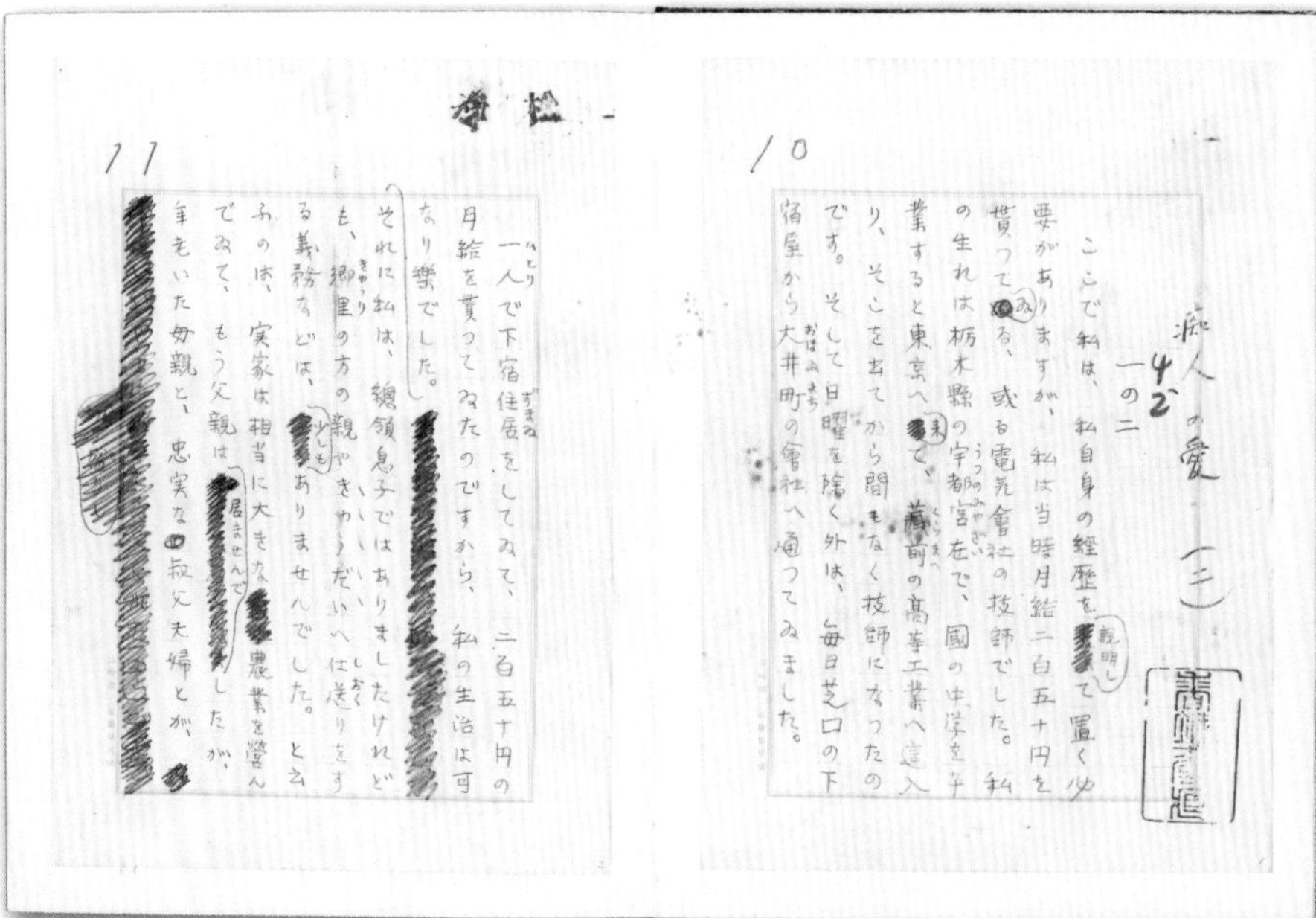


『痴人の愛』原稿

神奈川近代文学館蔵

であるに反して、所謂新時代の青少男女間にナヲミズムの言葉がいかに宣伝されつゝあるか。
この現象は一概に、文壇が進んでゐるとか一般社会が遅れてゐるとか、断定できない。『痴人の愛』が谷崎主義の反覆(はんぷく)であり文壇的平面以上に出ないとしても、ナヲミズムは若き社会を震撼(しんかん)せしめてゐる。文芸作品としての価値の基点は果していづれに置かるべきか」

この記事で、『痴人の愛』のヒロイン・ナオミは当時の若者に大きな影響を与え、社会現象となっていたことがわかる。この小説の中ではまだ「モダンガール」という言葉は使われていないが、ナオミの奔放さはモダンガールそのものである。髪をボブカットにし、洋服や斬新な文様の着物を着用し、カフェやダンス場で遊び、自由恋愛を楽しむ新しいタイプの女性たちが大正末から昭和初期に登場し、彼女たちはモダンガールと呼ばれた。ある意味、谷崎がモダンガールの誕生を促したといっても過言ではない。谷崎は千代の良妻賢母ぶりを良しとしなかったが、それは当時としては大変珍しい考えであり、そこから推しても、谷崎には時代に一歩先んじる感性があったと言えるだろう。

## 『痴人の愛』より
漫画・池部鈞

『現代漫画大観第二編　文藝名作漫画』
昭和三年（一九二八）／中央美術社
日本近代文学館蔵

ナオミは馬乗りになって譲治をこづきまわす。譲治は嬉々として彼女の言いなりになるのであった。

洋服を着こなし、アメリカの女優のような化粧をし、ダンス場で自由恋愛を楽しむナオミの奔放さは「ナオミズム」という言葉を生み、モガのさきがけとなった。

# 田中翼アンティーク着物×谷崎文学『痴人の愛』

## 奔放で鮮烈、アヴァンギャルド――魅惑の美少女の装い。

主人公ナオミの装いは、全体に派手で鮮烈、同じモダンでも若奥風の品を意識した『蓼喰ふ虫』とは対照的にした。この超絶技巧の龍の刺繍帯は、当時流行した清朝の官服を作り替えた帯を日本の職人が模倣して作ったという異色作。丁寧な作りには職人のプライドを感じる。象形文字を思わせる付け下げもチャイナレッド。中国では福を呼ぶといわれる蝙蝠の帯留を合わせて、こだわりの中国趣味に。［T］

「何しろお前は日本人離れがしてゐるんだから、普通の日本の着物を着たんぢや面白くないね。いつそ洋服にしてしまふか、和服にしても一風変つたスタイルにしたらどうだい」＊

田中翼アンティーク着物×谷崎文学『痴人の愛』

大胆なサイケデリックカラーの蝶。目が回りそうなシュールなデザインは戦前のものとは思えないほど新鮮だ。この自由さがナオミには相応しいのではないだろうか。帯はまさにジャパニーズ・アール・デコ。日本の扇をアレンジした文様は見事な和洋折衷デザインで、ただ西洋文化を模倣するだけでは終わらない、着物ならではの魅力が感じられる。[T]

可愛いダンスの草履を穿いた白足袋の足を爪立てゝ、くるり〳〵と身を飜すと、華やかな長い袂がひら〳〵と舞ひます。一歩を蹈み出す度毎に、着物の上ん前の裾が、蝶々のやうにハタハタと跳ね上ります。［中略］——かうして見ると、成る程和服も捨てたものではありません＊

水玉の銘仙に、生き生きと描かれる様が魅力的なアール・デコの鳥の帯を合わせて、奔放に好き勝手に生きるナオミの雰囲気を演出した。［T］

僕の可愛いナオミちゃん、僕はお前を愛してゐるばかりぢやない、
ほんたうを云へばお前を崇拝してゐるのだよ。お前は僕の宝物だ、
僕が自分で見つけ出して研（みが）きをかけたダイヤモンドだ。*

## 田中翼アンティーク着物×谷崎文学『痴人の愛』

雷神の帯に雷柄のジョーゼットの着物の組み合わせ。手描きの帯は、蛙は臍がないから取られない、の説話に絡めて雷神をユニークに描いたもの。帯のたれ部分と帯留の蛙に合わせて、おたまじゃくしの帯揚げを合わせた。襦袢や帯揚げなど、ほとんど見えないところにこだわることこそ、着物の特徴。[T]

お買上げの本のタイトル（必ずご記入ください）

フリガナ
お名前　　　　　　　　　　　　　　　　年齢　　　歳（男・女）

ご職業

ご住所
〒　　　　　　　（TEL　　　　　　　）

e-mail

●この本をどこでお買上げになりましたか？

書店／　　　　　　美術館・博物館

その他（　　　　　　　　　　　）

●最近購入された美術書をお教え下さい。

●今後どのような書籍が欲しいですか？　弊社へのメッセージ等もお書き願います。

●記載していただいたご住所・メールアドレスに、今後、新刊情報などのご案内を差し上げてよろしいですか？　□ はい　□ いいえ

※お預かりした個人情報は新刊案内や当選本の送呈に利用させていただきます。原則として、ご本人の承諾なしに、上記目的以外に個人情報を利用または第三者に提供する事はいたしません。ただし、弊社は個人情報を取扱う業務の一部または全てを外部委託することがあります。なお、上記の記入欄には必ずしも全て答えて頂く必要はありませんが、「お名前」と「住所」は新刊案内や当選本の送呈に必要なので記入漏れがある場合、送呈することが出来ません。

個人情報管理責任者：弊社個人情報保護管理者

※個人情報の取扱に関するお問い合わせ及び情報の修正、削除等は下記までご連絡ください。

東京美術出版事業部　電話 03-5391-9031　受付時間：午前10時～午後5時まで（土日、祝日を除く）

恐縮ですが切手をお貼りください

郵便はがき

170-0011

東京都豊島区池袋本町3－31－15

(株)東京美術　出版事業部　行

**毎月10名様に抽選で**
**東京美術の本をプレゼント**

この度は、弊社の本をお買上げいただきましてありがとうございます。今後の出版物の参考資料とさせていただきますので、裏面にご記入の上、ご返送願い上げます。なお、下記からご希望の本を一冊選び、○でかこんでください。当選者の発表は、発送をもってかえさせていただきます。

もっと知りたい歌川広重
もっと知りたい伊藤若冲［改訂版］
もっと知りたいムンク
もっと知りたいカラヴァッジョ
もっと知りたい薬師寺の歴史

すぐわかる日本の美術［改訂版］
すぐわかる西洋の美術
すぐわかる画家別 西洋絵画の見かた［改訂版］
すぐわかるきものの美
すぐわかる産地別やきものの見わけ方［改訂版］

てのひら手帖【図解】日本の絵画
てのひら手帖【図解】日本の仏像
演目別 歌舞伎の衣裳 鑑賞入門
吉田博画文集
ブリューゲルとネーデルラント絵画の変革者たち
オットー・ワーグナー建築作品集
ミュシャ スラヴ作品集
カール・ラーション
フィンランド・デザインの原点
かわいい琳派
かわいい浮世絵
かわいい印象派

僕はナオミちゃんにいろんな形の服を拵へて、毎日々々取り換へ引換へ着せて見るやうにしたいんだよ。お召だの縮緬だのつて、そんな高い物でなくつてもいゝ。めりんすや銘仙で沢山だから、意匠を奇抜にすることだね＊

キュビズム、あるいはロシア・アヴァンギャルドの影響を感じる抽象的な柄の着物。帯はカードがモチーフ。ファッションプレートのようなものをイメージしているのか。中には当時銀座にあったカフェ、プランタンの文字もある。［T］

女の顔は男の憎しみがかゝればかゝる程美しくなるのを知りました。カルメンを殺したドン・ホセは、憎めば憎むほど一層彼女が美しくなるので殺したのだと、その心境が私にハッキリ分りました。ナオミがじいッと視線を据ゑて、顔面の筋肉は微動だもさせずに、血の気の失せた唇をしつかり結んで立つてゐる邪悪の化身のやうな姿。――あゝ、それこそ淫婦の面魂を遺憾なく露はした形相（ぎょうそう）でした。＊

# 『本牧夜話』

初出は『改造』大正十一年(一九二二)七月号、『戯曲本牧夜話―三幕―』

横浜本牧に住むセシル・ローワンの家には、毎夜近所の西洋人が集まり、にぎやかにダンスを楽しんでいた。セシルはアメリカ人の父と日本人の母を持ち、妻の初子は日本人。初子の異父妹・弥生も同居しているが、弥生の父はポルトガル人である。唯一日本人の血しか流れていない初子は、にぎやかな雰囲気になじめず、寂しい思いをしている。セシルはジャネットというロシア系ユダヤ人女性に夢中で、ジャネットと弥生はフレデリックという男性を取り合う仲。弥生が嫉妬心からジャネットに硫酸をかけようとして、あやまってセシルと初子に浴びせてしまう。

セシルのモデルは谷崎。初子のモデルは千代。ジャネットのモデルはせい。谷崎一家の横浜本牧時代を下敷きにした作品。谷崎終平は『懐しき人々――兄潤一郎とその周辺』(平成元年[一九八九]、文藝春秋)で、「その頃は毎日が陽気な明るい生活で、兄夫婦とおせいちゃんは外国人に正式にソシアル・ダンスを習っていて、毎日毎晩、練習をかねての家庭舞踏会」と本牧に住んでいた頃を回顧している。

この作品は大正十二年(一九二三)浅草公園劇場で上演されたあと、大正十三年(一九二四)九月に映画化され、葉山三千子(せいの女優名)もジャネット役で出演した。

弥生は日本人とポルチュギーズとの合ひの子、赤いちぢれ毛で顔にそばかすのある、やゝ不恰好に太つた娘。メリンス友禅のキモノに耳飾と頸環をつけ、白足袋にダンスの草履を穿いて居る。＊

弥生を想定してメリンスの着物を着せ、イヤリングとネックレスをつけさせた。帯に関する記述は無いが、この着こなしにお太鼓結びの帯はそぐわないので、三尺帯を無造作に結んだ。スタイリング／所蔵・岩田ちえ子

# 第五章

# 松子

# 谷崎と松子

## 崇拝する女性がいなければ

谷崎は昭和二年（一九二七）、芥川龍之介のファンとして紹介された松子に出会い、魅かれるようになる。しかし、当時松子は大阪の老舗・根津商店（綿布問屋）を経営する人の妻であり、二児の母親でもあったので、手の届かぬ存在として一度はあきらめた。その後昭和五年（一九三〇）に谷崎は最初の妻・千代と離婚、昭和六年（一九三一）に二度目の妻・丁未子と暮らし始めたが、昭和七年（一九三二）に松子の夫の店が倒れると、松子から谷崎あての手紙が届き、二人の交際が始まる。昭和八年（一九三三）には丁未子と事実上離婚し、昭和九年（一九三四）、松子との同居が始まり、松子は前夫と離婚。昭和十年（一九三五）に谷崎と松子は挙式した。

『蓼喰ふ虫』には「要に取つて女といふものは神であるか玩具（がんぐ）であるかの孰（いず）れかであつて、妻との折り合ひがうまく行かないのは、彼から見ると、妻がそれらの孰れにも属してゐないからであつた」という一節があるが、出会った頃の松子は、谷崎にとってまさに神のような女性だったと思われる。

昭和十年（1935）谷崎と松子が一緒に暮らし始めた頃の家で。入口に飾られた紋は松子の実家・森田家のもの。谷崎は当初、松子の実家の養子になることを希望したという。撮影：北尾鐐之助

七十代になった谷崎に寄りそう松子。とうとうこの人の女性遍歴も私で終わりだと満足げにうなづく松子だが、実はこの後、さらに新たなミューズが出現するのである。しかしそれは、『探美の夜』（6頁）執筆後のことであり、作者の中河與一にとって想定外のことだったのだから、いたしかたがない。

松子がその頃を回顧して書き残した『倚松庵の夢』（昭和四十二年［一九六七］、中央公論社）から、谷崎から松子にあてた手紙を紹介する。

「私には崇拝する高貴の女性がなければ思ふやうに創作が出来ないのでございますがそれがやう〳〵今日になつて始めてさう云ふ御方様にめぐり合ふことが出来たのでございます」（昭和七年九月二日付）

そんな手紙を渡された松子は、事の重大さを感じたようである。谷崎という偉大な芸術家が、さらに良い作品を生み出せるかどうか、それが自らの存在にかかっていることを感知し、役目を果たす覚悟を決めたという。そのためにはまず、世間の思惑を気にしない鷹揚さと勇気を持つことだと、彼女は心に誓った。そして周囲の人々から、「いずれ新たに霊感を与える女性が必要になるときがくるでしょう。その時にあなたは悲しい思いをしますよ」とたびたび忠告されたが、それでも松子は谷崎のモデルになる決意を固めた。

# 松子の着物

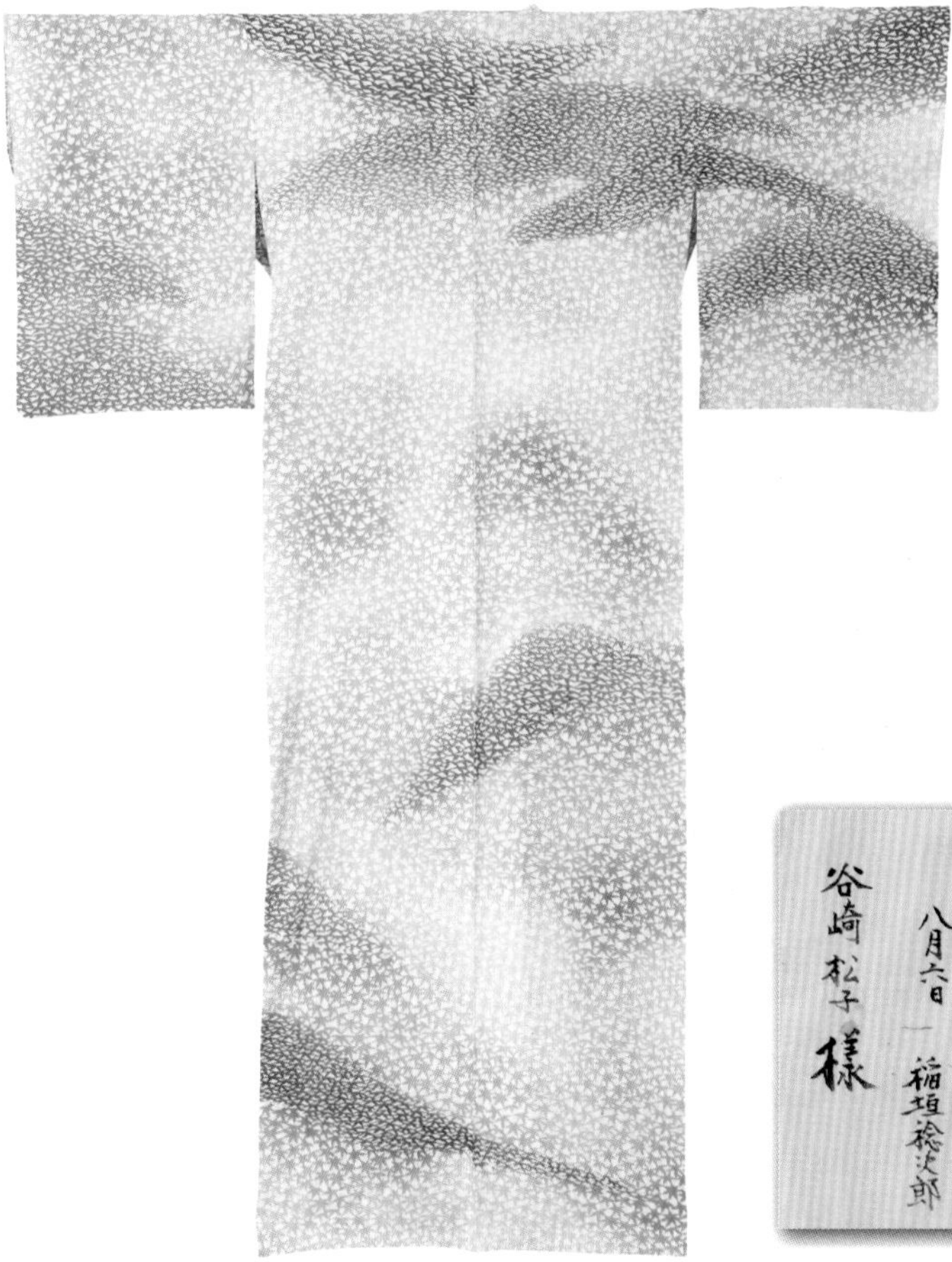

**青紅葉着物**

染色作家の稲垣稔次郎（明治三十五年［一九〇二］～昭和三十八年［一九六三］）が松子のために制作した青楓文様の着物。青と緑のグラデーションが爽やかな絽。個人蔵

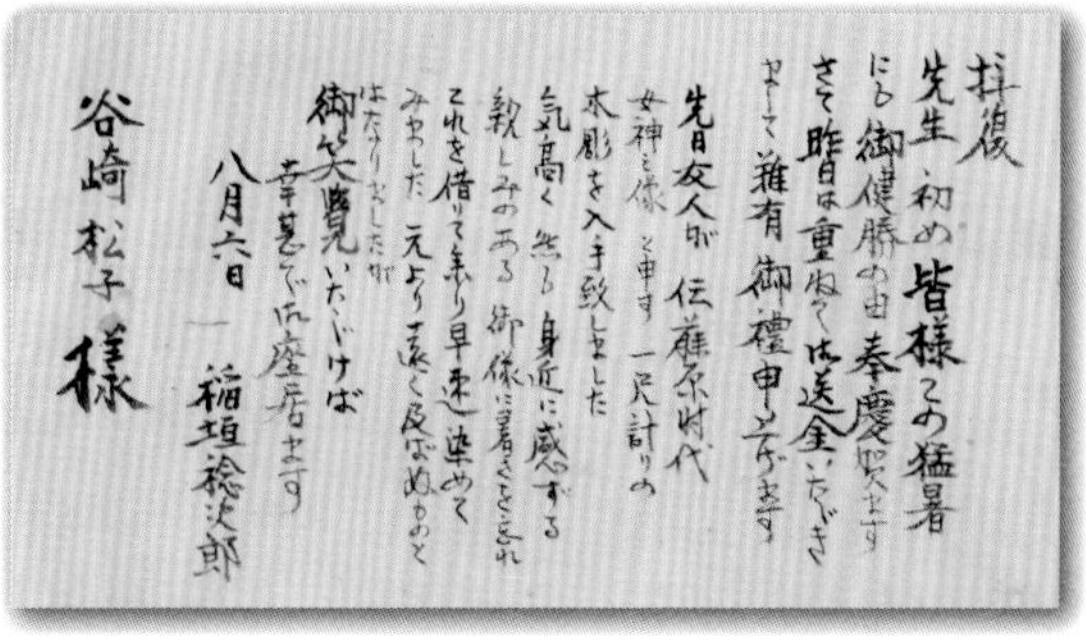

拝復
先生初め皆様この猛暑
にも御健勝の由奉慶賀上ます
さて昨日は重ね々御送金いたゞき
まことに難有御禮申上げます
先日友人が 伝藤原時代
女神像と申す 一尺計りの
木彫を入手致しました
気高く 然し 身近に感ずる
親しみのある 御像に暑さを忘れ
これを借りて参り早速染めて
みました 元より遠く及ばぬものと
はなりましたが
御笑覧いたゞければ
幸甚で御座居ます
八月六日 一 稲垣稔次郎
谷崎松子様

**稲垣稔次郎書簡**

稲垣が谷崎にあてた、着物の制作に関する手紙。封筒の消印は不鮮明で年代は特定できないが、住所は谷崎が戦後の約十年間（昭和二十九年［1954］～三十八年［1963］）を過ごした熱海市伊豆山。稲垣は昭和三十七年（1962）、型絵染の人間国宝に認定された。個人蔵

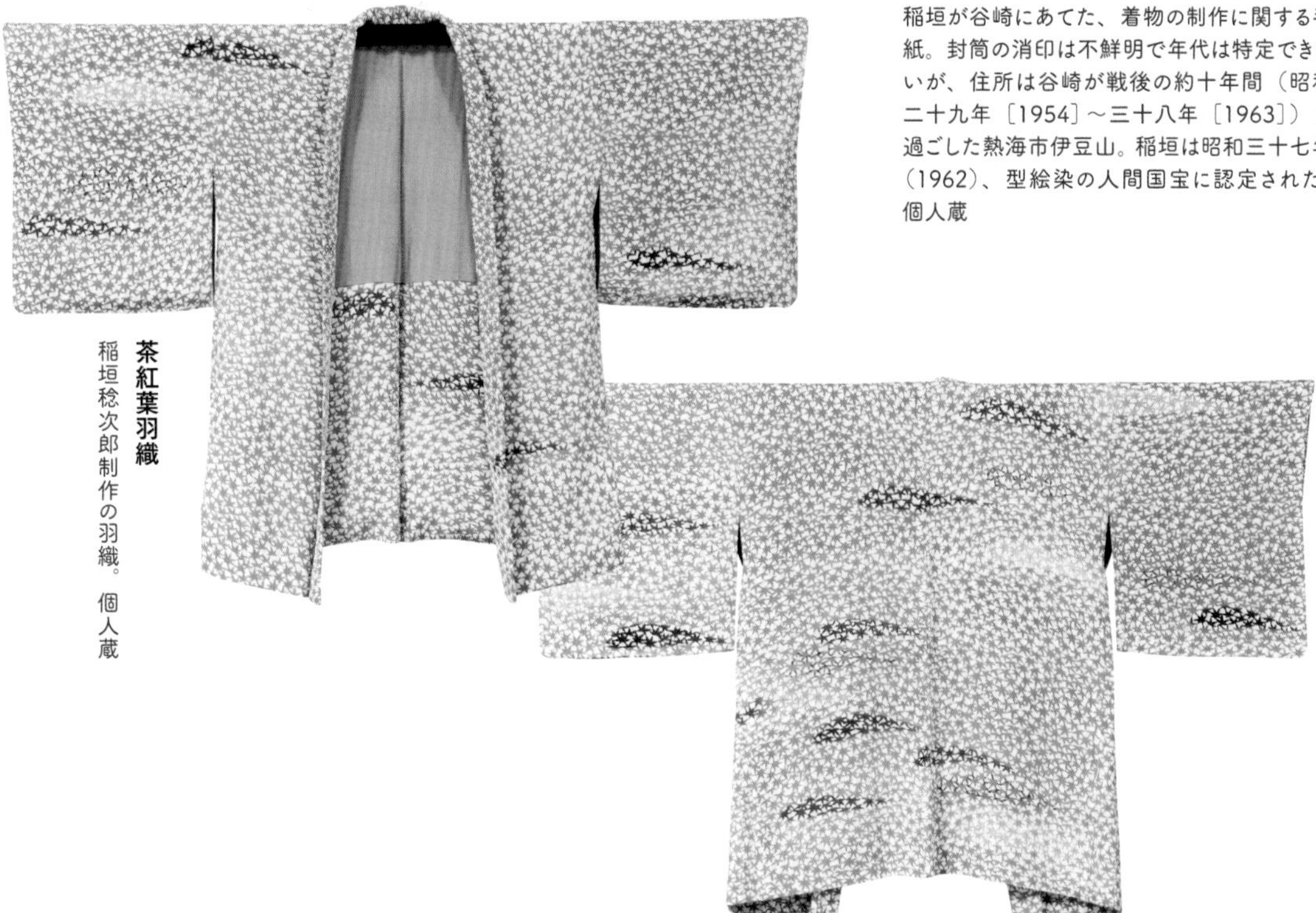

**茶紅葉羽織**

稲垣稔次郎制作の羽織。個人蔵

# 松子の着物

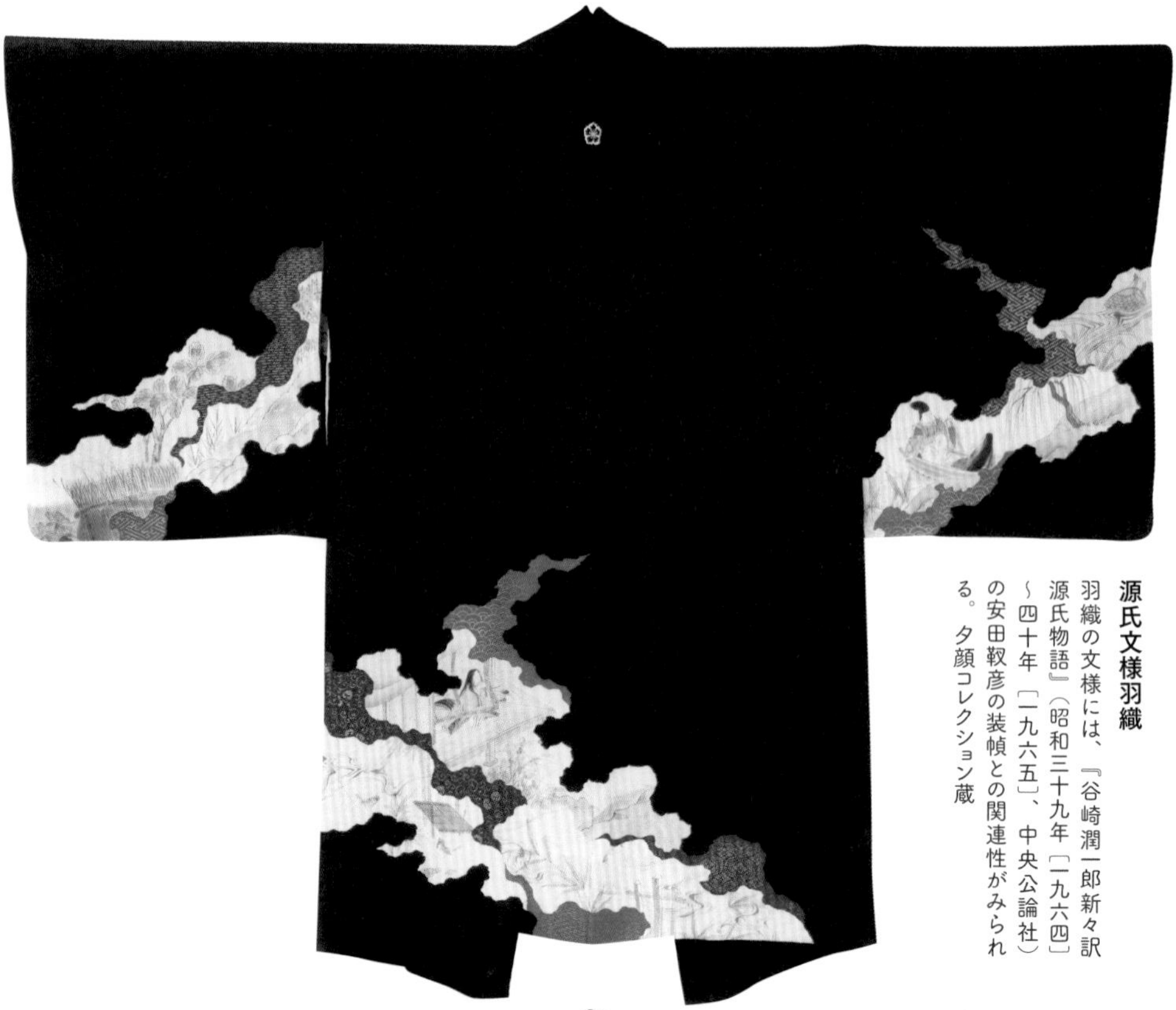

**源氏文様羽織**
羽織の文様には、『谷崎潤一郎新々訳源氏物語』（昭和三十九年［一九六四］～四十年［一九六五］、中央公論社）の安田靫彦の装幀との関連性がみられる。夕顔コレクション蔵

アート・ビギナーズ・コレクション
ART BEGINNERS' COLLECTION

# もっと知りたいシリーズ

B5判
72~112頁
オールカラー

自然への共感と
人生に対する歓びを
強い意志と熱情で
描いた日本画の巨匠

もっと知りたい
**横山大観**
古田 亮 監修・著
2,200円

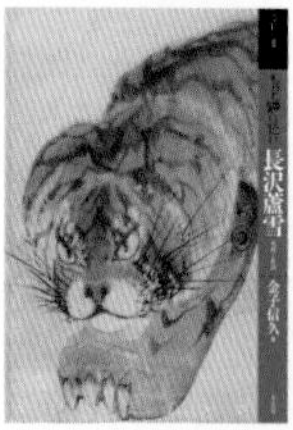

型破りな発想と
自在に走る絵筆
現代人を惹きつける
蘆雪の魔力

もっと知りたい
**長沢蘆雪**
金子信久 著
2,200円

大観が認めた
天性の色彩感覚と
すぐれた画力
夭折の日本画革新者

もっと知りたい
**菱田春草**
尾崎正明 監修
1,980円

幕末前夜の
江戸下町に、
世界が刮目する
天才画家がいた

もっと知りたい
**葛飾北斎**
永田生慈 監修
1,980円 ★

「宗達」を見出し、
世界に誇る
装飾芸術を大成した
琳派最大の巨人

もっと知りたい
**尾形光琳**
仲町啓子 著
1,760円

型破りな水墨表現に
見え隠れする、
乱世を生き抜いた
「画聖」の個性的素顔

もっと知りたい
**雪舟**
島尾 新 著
1,980円

京の町が
はぐくんだ、
清廉な色香漂う
美人画の極致

もっと知りたい
**上村松園**
加藤類子 著
1,760円

伝統のなかに
息づくモダン、
詩情たたえる
花鳥画と風景画の名手

もっと知りたい
**歌川広重**
内藤正人 著
1,760円

サロンのスターが
江戸の粋を凝縮、
理知が支えた
優美艶麗

もっと知りたい
**酒井抱一**
玉蟲敏子 著
1,760円

融通無碍（ゆうずうむげ）な精神が
あふれだす
大胆・幽妙の
イマジネーション世界

もっと知りたい
**雪村**
小川知二 著
1,760円

究極の形と色を求め
身近な生き物たちを
描き続けた
超俗の画家の97年

もっと知りたい
**熊谷守一**
池田良平 監修・著
1,980円

庶民とともに生きた
江戸っ子絵師の
愛すべき素顔と
仰天浮世絵！

もっと知りたい
**歌川国芳**
悳 俊彦 著
1,760円

千年先を見据えた
強烈な個性、
「動植綵絵」の
めくるめく興奮

もっと知りたい
**伊藤若冲**
佐藤康宏 著
1,980円 ★

傑作「松林図屏風」を
ものした絵師は、
みずみずしい
色彩画の妙手だった

もっと知りたい
**長谷川等伯**
黒田泰三 著
1,980円

マルチな才能を発揮、
大正浪漫の申し子の
レトロモダンな
叙情に浸る

もっと知りたい
**竹久夢二**
小川晶子 著
1,760円

江戸と明治、
狩野派と浮世絵……
二つを生きた絵師の
悲哀とほとばしる画才

もっと知りたい
**河鍋暁斎**
狩野博幸 著
1,980円

狂気ゆえか
無頼ゆえか
アヴァンギャルドな
逸脱表現の魅惑

もっと知りたい
**曾我蕭白**
狩野博幸 著
1,760円

「琳派の祖」という
枠を超えた、
諸芸術の天才の
あくなき美の探究

もっと知りたい
**本阿弥光悦**
玉蟲敏子ほか 著
2,200円

乳白色の裸婦以降
二つの祖国を魅せた
多様な作風と
画家なるがゆえの曲折

もっと知りたい
**藤田嗣治**
林 洋子 監修・著
1,980円

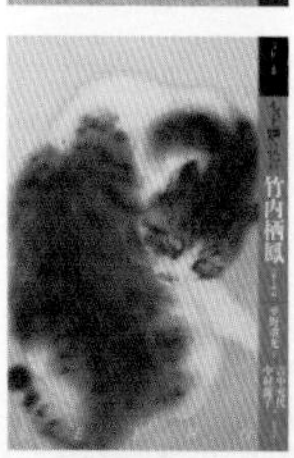

他の追随を許さない
卓抜した描写力で
日本画史上に輝く
巨匠の魅力

もっと知りたい
**竹内栖鳳**
平野重光 監修
1,980円

写生派という、
新しいスタイルを
生み出した
近代日本画の祖

もっと知りたい
**円山応挙**
樋口一貴 著
1,980円

おおらかな気を放つ
機知と豊麗の様式美
琳派はここから
始まった

もっと知りたい
**俵屋宗達**
村重 寧 著
1,760円

浮世絵の基礎知識と主要な作品を網羅。初期浮世絵も充実の浮世絵入門の決定版

もっと知りたい
**浮世絵**
田辺昌子 著
2,200円

皇室とのつながりと真言密教の頂点。所蔵の宝物が語る優雅で厳粛な歩み

もっと知りたい
**仁和寺の歴史**
久保智康・朝川美幸 著
2,200円

モダンデザインのルーツがここに。世界に影響を与えた造形学校のすべて

もっと知りたい
**バウハウス**
杣田佳穂 著
2,200円

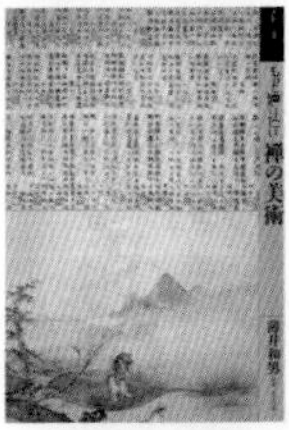

悟りの境地を絵画や枯山水で表現。具現化された禅の心を読み解く

もっと知りたい
**禅の美術**
薄井和男 監修
2,200円

運慶と快慶——。二人の天才を擁した鎌倉仏師の一大流派、その真価と興隆の秘密

もっと知りたい
**慶派の仏たち**
根立研介 著
2,200円

最古の木造伽藍（がらん）は仏像彫刻の源流と日本仏教の歴史を知る仏像の一大宝庫

もっと知りたい
**法隆寺の仏たち**
金子啓明 著
1,980円

形やしぐさを読み解き、古代の暮らしを再現。はにわの魅力にどっぷりつかる！

もっと知りたい
**はにわの世界**
若狭 徹 著
1,980円

相撲を取る蛙と兎 見るほどに深まる謎 かわいいだけではないこの絵巻の愉しみ方

もっと知りたい
**鳥獣戯画**
土屋貴裕・三戸信惠 監修・著
2,200円

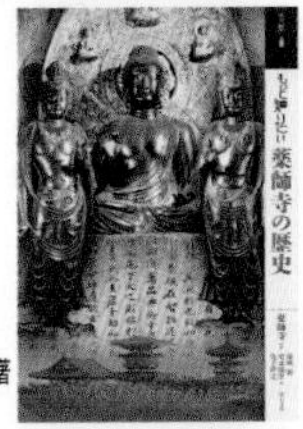

天武から持統へ——天皇の願いを継ぎ薬師如来が見守る里に今蘇る、白鳳の大伽藍

もっと知りたい
**薬師寺の歴史**
薬師寺 監修
2,200円

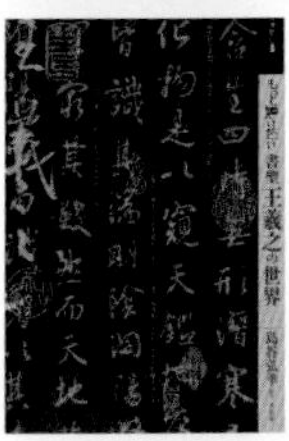

書の美を一変させた、真筆がなくても崇められる実力と、「神格化」ラプソディ

もっと知りたい
**書聖王羲之の世界**
島谷弘幸 監修
1,980円

一門の実力が見せつける百花繚乱、天才・奇才の競演

もっと知りたい
**狩野派**
**—探幽と江戸狩野派—**
安村敏信 著
1,980円

遷都千三百年、古都の移ろいの中たたずみ続ける仏たちのまなざし

もっと知りたい
**興福寺の仏たち**
金子啓明 著
1,980円

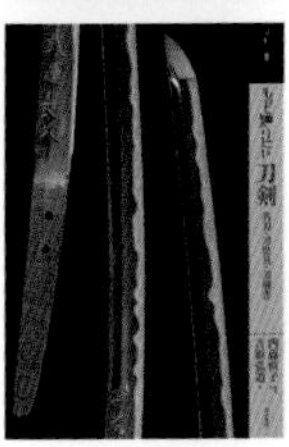

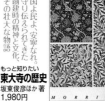

鑑賞対象としての刀剣とその外装を美術史の文脈と知見で紹介

もっと知りたい
**刀剣**
**名刀・刀装具・刀剣書**
内藤直子 監修・著
2,200円

最大最強画派のカリスマ絵師と京の後継者たちの栄光と苦難

もっと知りたい
**狩野永徳と京狩野**
成澤勝嗣 著
1,980円

国よ民よ、安寧なれ。守り伝えられてきた創建時の精神と文化、その壮大な物語

もっと知りたい
**東大寺の歴史**
坂東俊彦ほか 著
1,980円

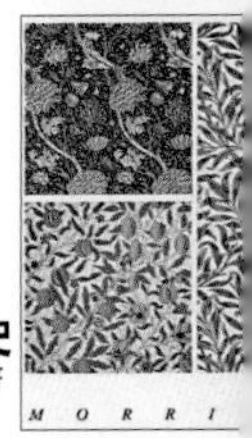

和歌や漢詩など意匠に施された知的なたくらみを読み解く喜び

もっと知りたい
**やきもの**
柏木麻里 著
2,200円

万巻の書を読み万里の道を行く——自娯の境地に遊ぶ表現者たちの多様性

もっと知りたい
**文人画**
**大雅・蕪村と文人画の巨匠たち**
黒田泰三 著
2,200円

根本道場の諸尊に、巨人空海が創出した新たな密教の世界観をみる

もっと知りたい
**東寺の仏たち**
東寺 監修
1,980円

## レーピンとロシア近代絵画の煌めき

籾山昌夫 著
2,750円

## ビリービンとロシア絵本の黄金時代

田中友子 著
2,750円★

## カール・ラーション

スウェーデンの暮らしと愛の情景

荒屋鋪透 著
2,860円

## フィンランド・デザインの原点

くらしによりそう芸術

橋本優子 著
2,860円

## ウォーターハウス

夢幻絵画館

川端康雄 監修
2,860円

## ヴィルヘルム・ハマスホイ

静寂の詩人

萬屋健司 著
2,530円

## 橋口五葉

装飾への情熱

西山純子 著
2,860円

## ビアズリー

怪奇幻想名品集

冨田 章 著
2,640円★

# 作品集

A4判／152～216頁 オールカラー

**大きな判型で細部までじっくり鑑賞**

油彩画や版画、絵巻、ポスター、建築まで、大画面で作品に迫ります。

## ミュシャ作品集

パリから祖国モラヴィアへ

千足伸行 著
3,080円

## ミュシャ装飾デザイン集

［装飾資料集］［装飾人物集］

千足伸行 著
3,080円

## ミュシャ スラヴ作品集

千足伸行 著
3,300円

## フェルメール作品集

小林頼子 著
3,080円

## モネ作品集

安井裕雄 著
3,300円

## ゴッホ作品集

冨田 章 著
3,300円

## クリムト作品集

千足伸行 著
3,300円

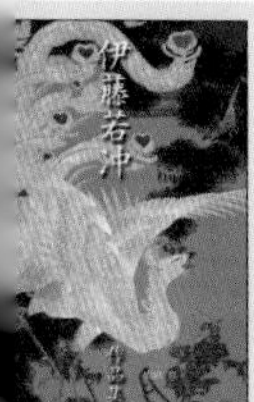

## 伊藤若冲作品集

太田 彩 著
3,300円

## 新版画作品集

なつかしい風景への旅

西山純子 著
3,300円

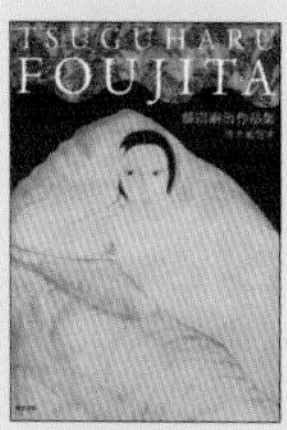


## 藤田嗣治作品集

清水敏男 著
3,520円

## アンドリュー・ワイエス作品集

高橋秀治 著
3,520円

## 小原古邨作品集

小池満紀子 著
3,300円(予価)

## 吉田博作品集

安永幸一 著
3,300円

## 川瀬巴水作品集

清水久男 著
3,520円★

## オットー・ワーグナー建築作品集

川向正人 監修・著
3,960円

**桜文様帯**
松子から、谷崎の孫・高橋百百子氏に譲られた桜文様の帯。高橋百百子氏蔵

**谷崎家の女性たちが使用した帯**
松子、その妹の重子、娘の恵美子、どれが誰のものだったかは定かでない。共同で使っていたということも考えられよう。夕顔コレクション蔵

## 世を忍んで逢っていた頃のままで

一緒に暮らし始めた頃、谷崎は松子を「ご寮人様」（関西で、若妻や娘を尊敬して呼ぶ際に用いる言葉）と呼んでかしづき、下僕のように振るまった。

「お食事は最初の内は一緒に食べて貰えなかった。お給仕をしてからあとで戴きますと云って聞き入れなかった。私は畏まって座っていられると、自然奥方のように品位を持って物静かに食器も取り上げなくてはならず、おいしいからと云ってそうかつ〳〵とお腹一杯戴いて幻滅を感じさせてはと、少しずつ口に運び、［中略］お給仕ばかりでなく、次々と何か新らしく考え出しておしまいには、私はお女中と一緒に食事をさせて戴きます、と云い」（谷崎松子、前掲書）。

谷崎が求めるイメージをさぐり、演じようと必死になっている松子の様子は、滑稽ながらも、けなげに映る。

一方、谷崎は松子との結婚当初のことを、このように回想している。「世を忍びつ、逢つてゐた時代の陰翳を、今も家庭のどこやらに残して置きたかつた。何よりも私は、世話女房と云ふが如き存在を家の中に持ち込みたくなかつた」（谷崎潤一郎『雪後庵夜話』、『中央公論』昭和三十八年［一九六三］六～九月号、昭和三十九年［一九六四］新年特大号掲載）。

普通の人なら、晴れて夫婦になり、会うにも世間の目をはばからなくて良くなったと喜ぶところであるが、谷崎はやはり普通の人ではない。おまけに「世話女房」なるものが、いやだと言うのである。そのため、松子には家事をしないよう求めたというのだから、かつて谷崎の身辺の世話を完璧にこなして嫌われた千代があまりに気の毒である。同時に谷崎は衣食住に細かい好みをもっており、身辺にいる女性にとっては、難しい男である。そのような谷崎と銀婚式に至る年月を共にしただけでも、やはり松子は特異な存在ではないだろうか。

それにしても、松子との恋愛事件に巻き込まれ、跳ね飛ばされたようになってしまった二番目の妻・丁未子も気の毒だと思う。高名な作家から熱愛されていると有頂天になっていたときにも、実は谷崎の心の奥に松子がいたのである。丁未子との新婚生活の中で、谷崎は松子を思い描きながら作品を書いていたわけである。

庭を散策する谷崎と松子。

結婚後、丁未子に示していた愛は急速に冷め、若い丁未子は谷崎の心をはかりかねて混乱し、苦しんだ。この時、丁未子の相談相手になり、なぐさめた女性の中には、かつての愛人・せいや、実の娘・鮎子がいた。また、千代は谷崎が新婚早々から人妻との恋愛事件を起こしていると噂に聞き、心配して谷崎のそばにいる知人に手紙で、事の真相を尋ねた。

一人の天才の陰には、多くの痛ましい犠牲があることを感じさせられるいきさつである。しかし不思議なのは、かつて被害を被った周囲の人々が、次に事件が起きると、谷崎をフォローしたことである。それはいったいなぜなのか。谷崎自身に、そうさせる人間的な魅力があったのだと思われる。

谷崎撮影による松子。

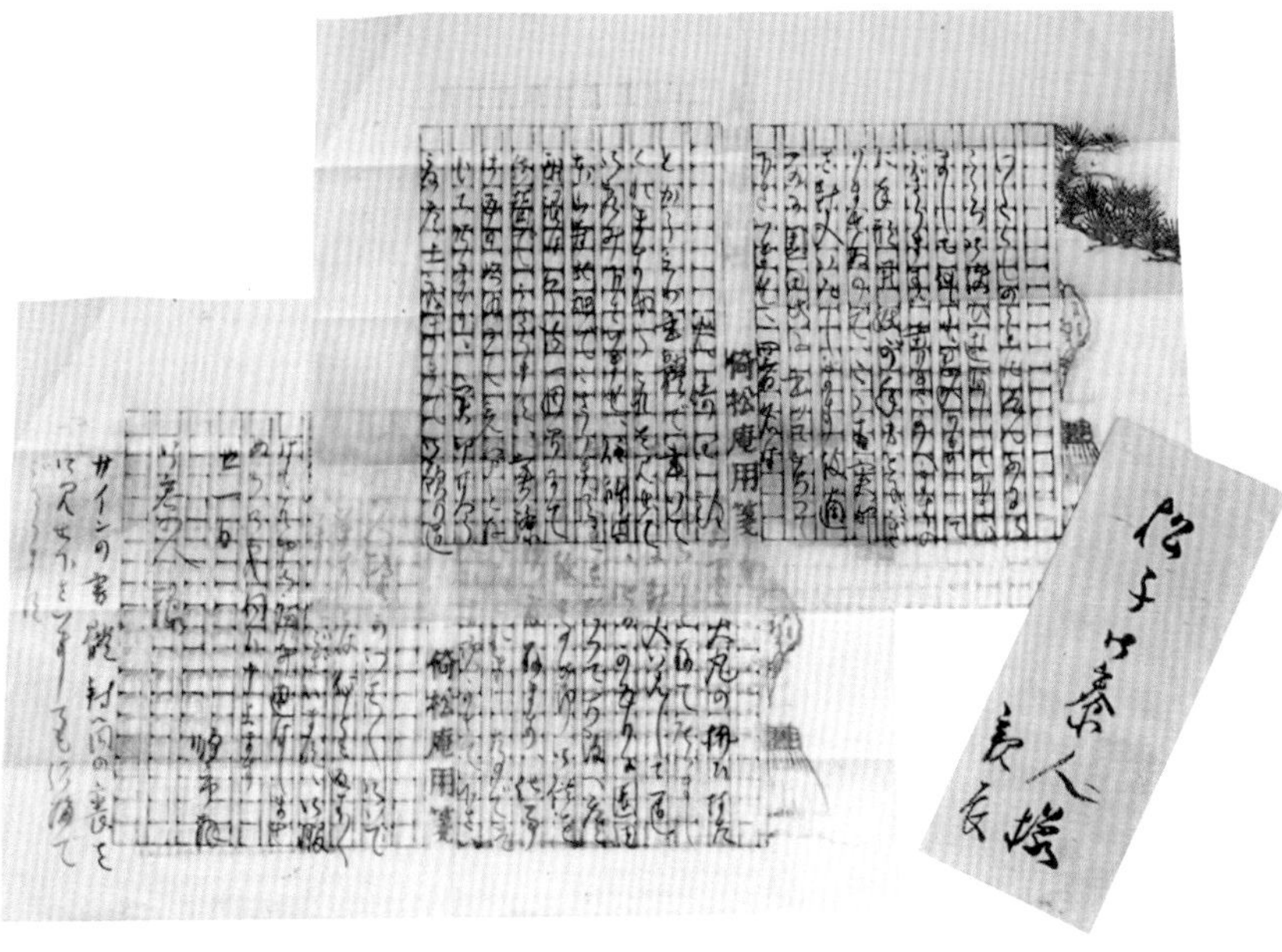

**谷崎から松子宛の書簡**

昭和八年（1933）三月（推定）三十一日。芦屋市谷崎潤一郎記念館蔵

# 松子ゆかりの品

**蝶柄のつづれ織り和装バッグ**
昭和初期。夕顔コレクション蔵

**桐鳳凰柄の魯刺し和装バッグ**
昭和初期。夕顔コレクション蔵

**くす玉柄の魯刺し和装バッグ**
昭和初期。夕顔コレクション蔵

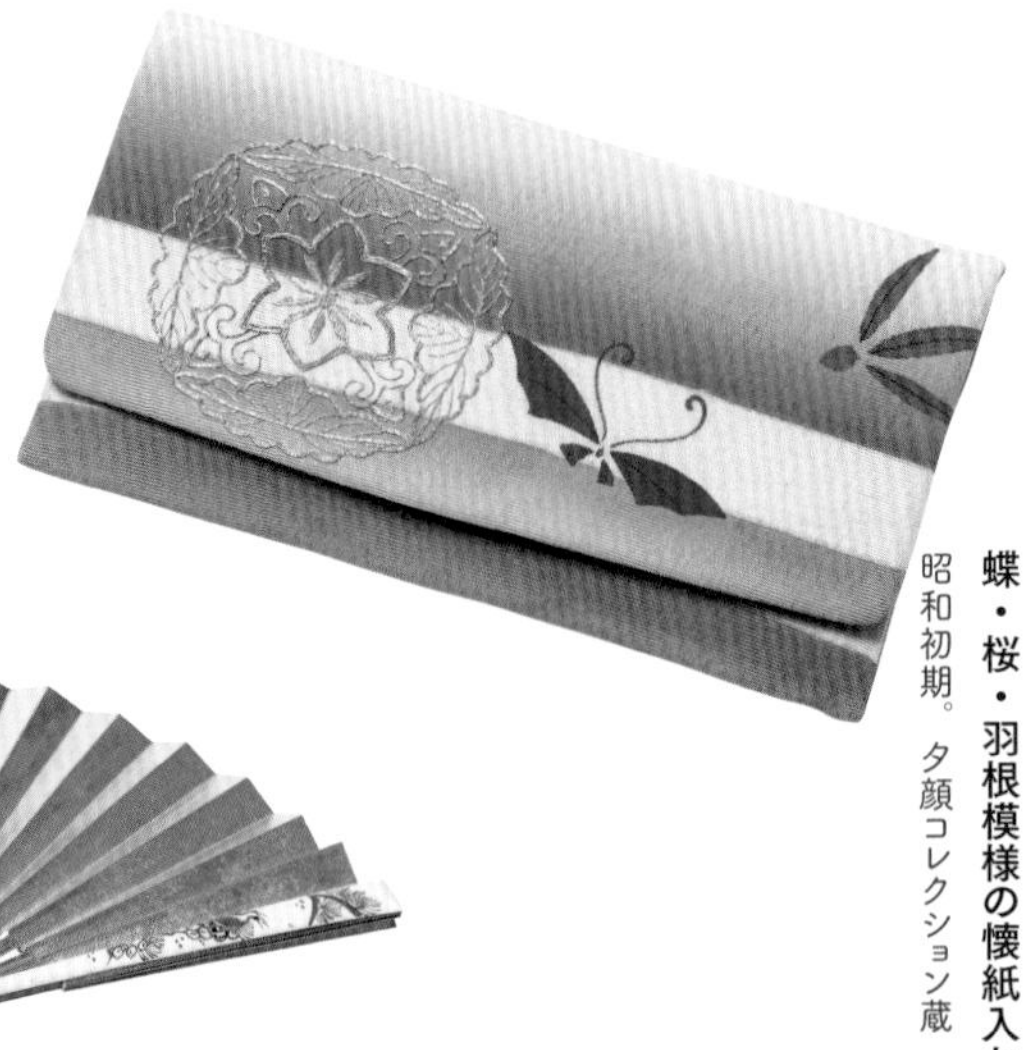

**蝶・桜・羽根模様の懐紙入れ（染）**
昭和初期。夕顔コレクション蔵

**扇子**
象牙に鶴が描かれている。大正～昭和初期。夕顔コレクション蔵

**花模様のビーズ編みオペラバッグ**
観世栄夫からのヨーロッパ土産。夕顔コレクション蔵

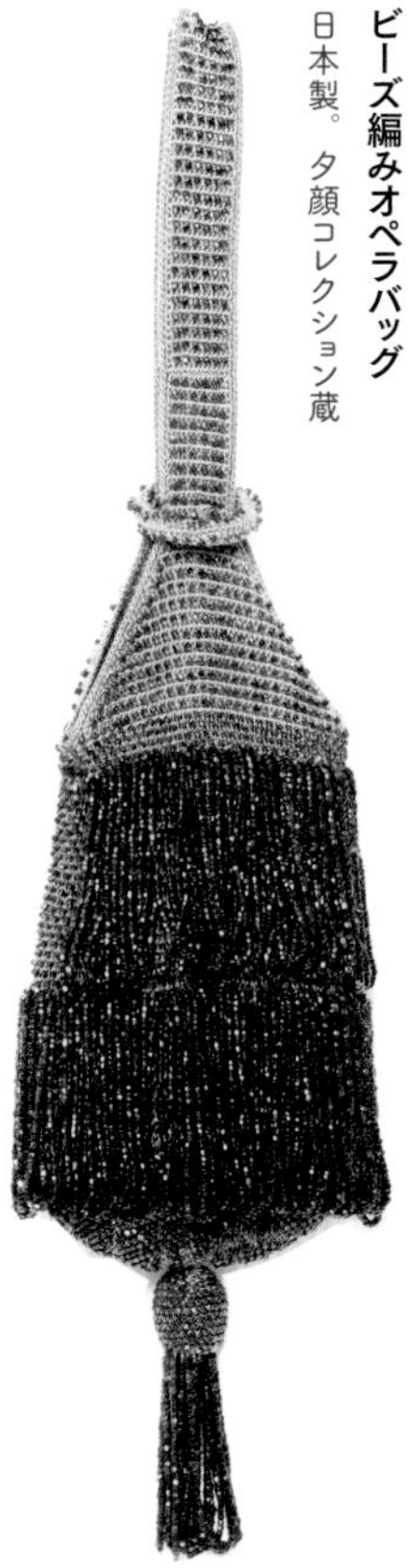

**ビーズ編みオペラバッグ**
日本製。夕顔コレクション蔵

**ベークライトメタルビーズ編みオペラバッグ**
大正～昭和。ヨーロッパ土産。夕顔コレクション蔵

# 心豊かな暮らしぶりがわかる松子夫人の遺愛品

夕顔コレクション　**執行啓子**

二十五年くらい前、谷崎潤一郎のご遺族である観世恵美子様宅に古美術商としてお伺いし、松子夫人の遺愛品を買い取らせていただきました。観世恵美子様は、谷崎潤一郎の三度目の奥様になった松子様が、前のご主人との間にもうけられたお嬢様で、昭和二十二年（一九四七）に入籍されて谷崎姓となられました。恵美子様は、『細雪』の悦子のモデルでもあり、また『細雪』がテレビドラマ化された際に雪子を演じたこともありました（昭和三十二年［一九五七］、日本テレビ系、武智鉄二／演出）。女優としての仕事はこの一作ですが、その後も地唄舞や仕舞を習い、舞踊会に出演されていました。そして、昭和三十五年（一九六〇）に観世栄夫様とご結婚され、観世恵美子様となられました。

私がお宅に伺うようになったのは、平成七年（一九九五）からだと記憶しています。その頃には、すでにお子さんも独立され、ご夫婦お二人で暮らしていたようです。

私は年に二回くらい伺って、着物や装飾品の類を買い取らせていただきました。物によって、お使いになった方が松子様と特定できる品もありましたが、特に誰の物というわけではなく、谷崎家の女性の方々が、皆様でお使いになっていたらしい品もありました。

恵美子様は売却に関して、谷崎と縁の深い出版社の方に相談されていらしたようです。当初は、もっとたくさんのお着物や帯、櫛などがあったのですが、ほとんどは商売の中で手放してしまいました。それでも、当時の上流階級の暮らしぶりを目の前にして、一般には目にすることができない品物に出会うたびにワクワクして、心豊かになる経験をさせていただきました。また、手放した品物もそれぞれコレクターの手に渡り、とても大切に保存してくださっているのが幸いです。

**牡丹刺繍の鏡ケース**
昭和初期。夕顔コレクション蔵

**コンパクト**
象牙に珊瑚の薔薇があしらわれている。昭和初期。夕顔コレクション蔵

**コンパクト**
金工師正利により山ぶどうと鳥が彫られている。昭和初期。夕顔コレクション蔵

**携帯化粧セット**
夕顔コレクション蔵

**エメラルドとダイヤの指輪**
谷崎が松子に最初に贈った指輪、そのケース。松子から孫の百百子に譲られた。高橋百百子氏蔵

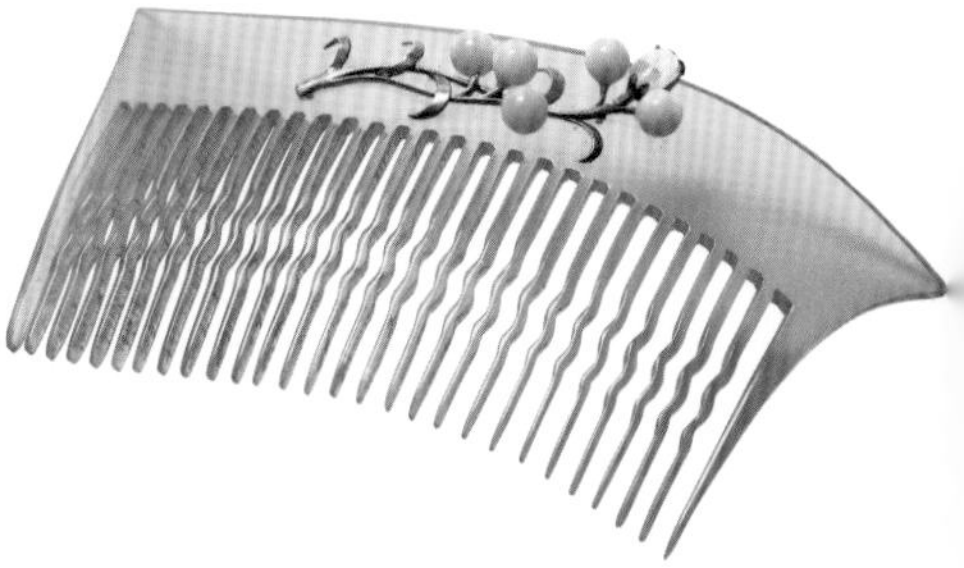

**髪飾り**
パールと珊瑚があしらわれたべっ甲の髪飾り。昭和初期。夕顔コレクション蔵

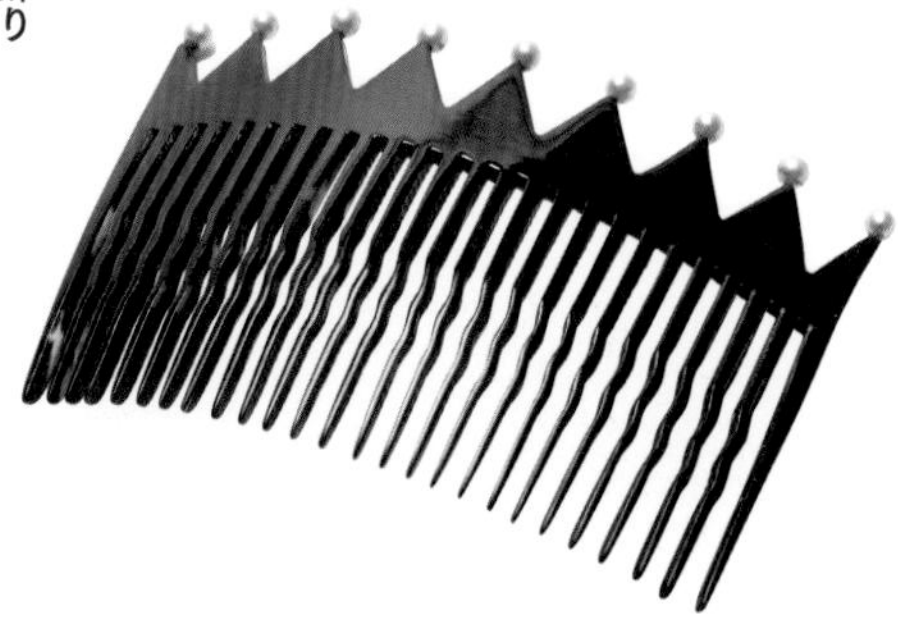

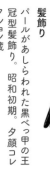

**髪飾り**
パールがあしらわれた黒べっ甲の王冠型髪飾り。昭和初期。夕顔コレクション蔵

**洋髪用髪飾り**
ジルコンとべっ甲の洋髪用髪飾り。昭和初期。夕顔コレクション蔵

**洋髪用髪飾り**
黒べっ甲の洋髪用髪飾り。昭和初期。夕顔コレクション蔵

**髪飾り**
べっ甲の髪飾り。大正~昭和。夕顔コレクション蔵

**日本髪用髪飾り**
べっ甲の日本髪用髪飾り。大正~昭和。夕顔コレクション蔵

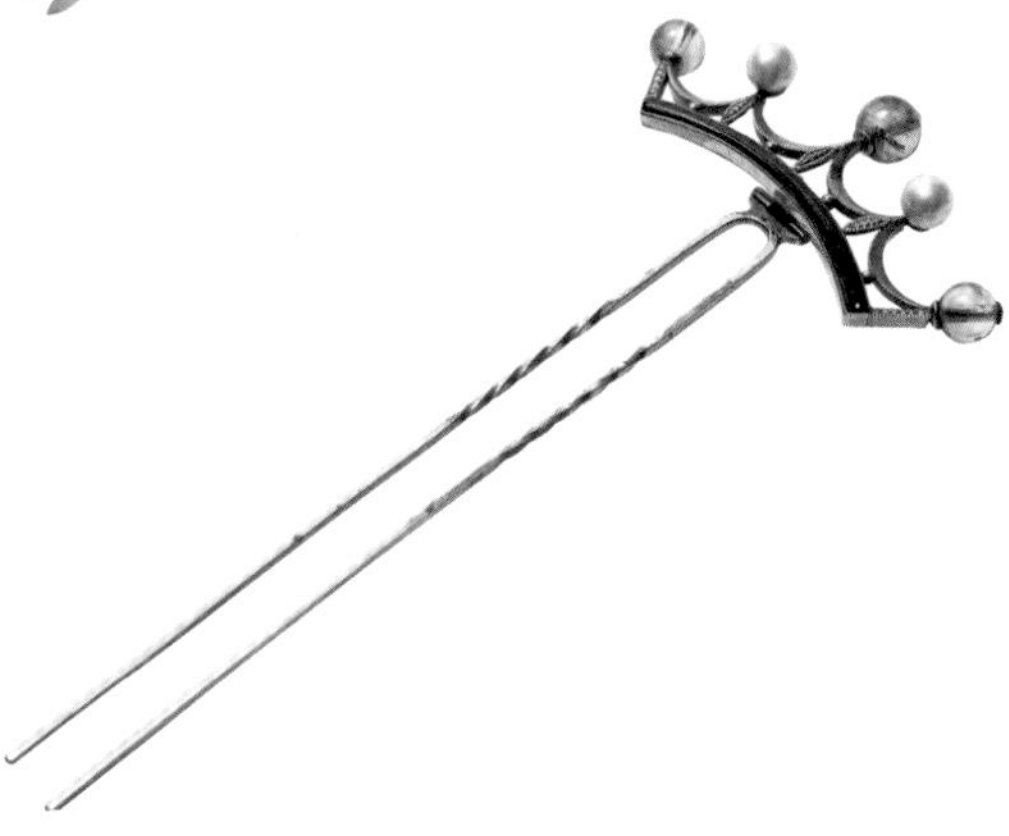

**髪飾り**
アメジスト、パール、オニキスがあしらわれた銀の王冠型髪飾り。昭和初期。夕顔コレクション蔵

# 谷崎文学と松子

## ●日本の古典世界への回帰

谷崎は、千代との離婚前から松子に惹かれていたが、人妻ではしかたないとあきらめて『婦人サロン』の記者をしていた古川丁未子と二度目の結婚をした。ところがその頃から松子の婚家が没落、さらに夫は松子の妹と不倫の関係に陥り、松子は離婚を考え始めた。谷崎と松子の仲が急接近すると同時に谷崎は傑作を次々発表して新境地を示し始めた。昭和六年（一九三一）『盲目物語』、昭和七年（一九三二）『蘆刈』、昭和八年（一九三三）『春琴抄』、昭和十年（一九三五）『聞書抄』と、古典的な世界を舞台にした、臈たけた女人の物語であった。『盲目物語』のお市御料人や『蘆刈』のお遊様は、昭和三年（一九二八）～四年（一九二九）の『蓼喰ふ虫』に登場したお久に似通う女性たちである。『蓼喰ふ虫』の中で進行した「西洋文化への憧れから、日本の古典世界への回帰」は、これらの作品によって新たな谷崎文学として開花し、さらには昭和十年からとりかかった『源氏物語』の現代語訳へと発展したといえるだろう。

「御寮人様の御ことならば一生書いても書きゝれないほどでござりまして今迄とはちがつた力が加はつて参り不思議にも筆が進むのでござります全く此の頃のやうに仕事が出来ますのも御寮人様

## 『細雪』

『中央公論』昭和十八年（一九四三）一、三月号掲載（以後掲載禁止となる）

薪岡家の四姉妹やその周辺の人々の生活を四季の移ろいとともに描き出した作品。三女・雪子の縁談をめぐる家族の奔走を中心に物語は推移する。

発表開始は、日本が太平洋戦争に突入して二年目の昭和十八年（一九四三）。陸軍報道部から、戦前の豊かで華やかな生活の描写が「時局と合わない」と、掲載や配布を禁止されるが、その後も谷崎は疎開先を転々としながら執筆を続けた。終戦直後に単行本が刊行されるや、たちまち評判となった。それは戦中戦後の荒廃に疲れた人々が、作中の「情趣に満ちた贅沢な日常」に憧れたからと言われている。

谷崎の３度目の妻・松子とその姉妹が『細雪』のヒロインのモデルとなった。昭和十五年の平安神宮で、右から松子、恵美子、信子、重子。写真提供：芦屋市谷崎潤一郎記念館

## 重子ゆかりの品

平安神宮での花見で着用した羽織。芦屋市谷崎潤一郎記念館蔵

羽織

『細雪』揮毫入り。芦屋市谷崎潤一郎記念館蔵

の御蔭とぞんじ伏し拝んでをります」（谷崎が松子にあてた手紙「昭和七年十一月八日付」、谷崎松子『倚松庵の夢』昭和四十二年［一九六七］、中央公論社）。

ただし、古典回帰作品のモデルは松子であるという、いわゆる「松子神話」は、かなりのところ彼女自身の手によって作られたものという見方もある。もしそうだとしても、松子が、谷崎文学に霊感を与えることの出来る存在としての自分を自覚し、そこに責任を感じ、実践したのであるから、功績はやはり大きいといってもよいだろう。

「翌年には春琴抄に執りかゝっているが、此頃になるとすっかり佐助を地でゆく忠実さで、もうけられた座が結構過ぎて時に針の蓆に感じられる日もあった。好奇心と嫉視との中で私は耐えること、演出家のイメージを害わぬように神経を使うことに疲れて、病気勝ちであった」（谷崎松子、前掲書）。

戦中から戦後にかけて書き続けられた『細雪』は松子とその姉妹がモデルとなった。昭和三十年代の『鍵』の郁子は松子だけではなく、他の女性のイメージも混じっているのかもしれないが、老年になってからの谷崎が松子に言った次の言葉は『鍵』の主人公の夫を思い出させる。「私が十七歳若いので可哀そうだ。」と時に涙を流しながら思い決したように、却って『浮気をしても構わないよ』と云ったが……」（谷崎松子、前掲書）。

この様に松子は長年、谷崎にインスピレーションを与え続けたのであった。

**棟方志功『谷崎歌々板画柵』より「細雪の柵」**

昭和三十一年（1956）木版・彩色　縦 33.4 × 横 31.8cm
棟方志功記念館蔵
『鍵』の挿絵制作が一時中断したとき、棟方は谷崎が詠んだ和歌を元に板画を作ることを申し出て、短期間で彫り上げた。

## 恵美子ゆかりの品

右頁の写真を見て、この四人が四姉妹なのかと勘違いする人もいるのだが、写真に長女は写っておらず、少女は作中・悦子として登場する、松子の娘・恵美子である。谷崎は昭和二十二年（1947）、恵美子を次女として入籍した。紅葉文様の帯は恵美子の愛用品と伝えられている。夕顔コレクション蔵

# 『細雪』挿絵原画より

小倉遊亀

九面のうち四面
昭和四十五年（一九七〇）、紙本著色
各三〇・五×二一・〇cm
滋賀県立美術館蔵

「中姉（なかあん）ちやん、その帯締めて行くのん」「あの時隣に腰掛けてたら、中姉ちやんが息するとその袋帯がお腹（なか）のところでキユウ、キユウ、云うて鳴るねんが」――戦前の日本にあった長閑（のどか）な日常と、忌憚なく物を言い合う姉妹の仲の良さを象徴する場面。

## 小倉遊亀　おぐら・ゆき

**明治二十八年（一八九五）～平成十二年（二〇〇〇）**

日本画家。奈良女子高等師範学校を卒業、教職の傍ら、絵への情熱を捨てきれず、大正九年（一九二〇）に安田靫彦に入門。大正十五年（一九二六）第十三回院展に「胡瓜」が初入選、昭和七年（一九三二）には女性初の日本美術院同人となる。昭和五十一年（一九七六）、女性では上村松園に次いで日本芸術院会員に推された。代表作に「浴女」など。

昭和二十四年（一九四九）～二十五年（一九五〇）、谷崎の『少将滋幹の母』が新聞連載された際には挿絵を担当した。挿絵は昭和二十五年（一九五〇）に刊行された単行本にも掲載されたが、この本の装幀は師・靫彦によるものだった。遊亀は昭和四十五年（一九七〇）に刊行された、『細雪』単行本のカラー挿絵も手掛けている（『日本文学全集：カラー版十四　谷崎潤一郎　細雪』、河出書房新社）。この挿絵全九点は、約一年半をかけて完成となった。

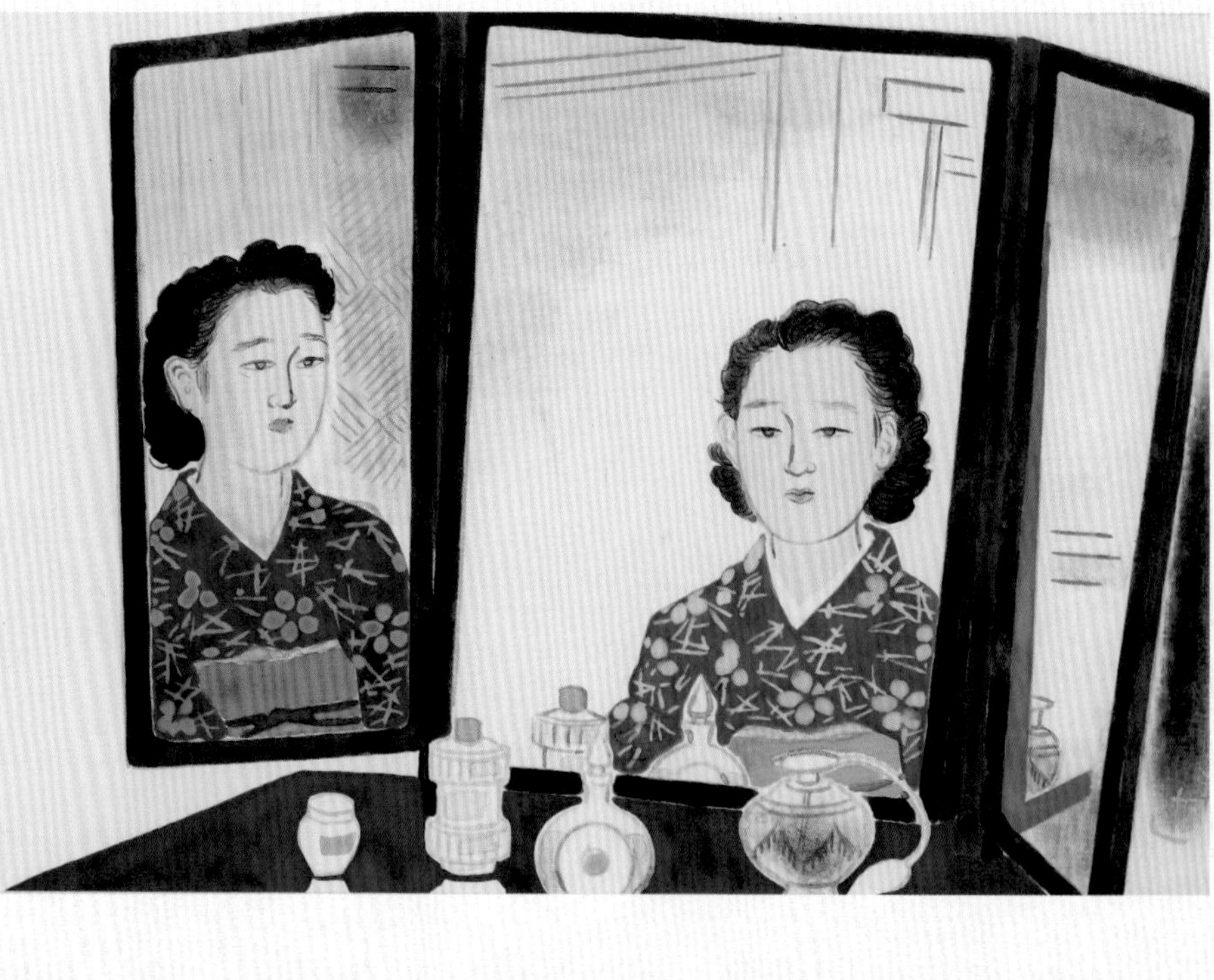

妹・雪子が婚期を逃しそうになっていることを心配する幸子は、雪子の見合い話が持ち込まれるたび、話の調整のため、化粧して外出する。その姿はあでやかで、見合いの仲介者から「妹さんがひき立たなくなるので、華やかな着物は遠慮してください」と言われるほどである。

姉妹に幸子の夫・貞之助と
娘の悦子を交え、京都に花
見に行くのが、毎年の恒例行
事のようになっていた。

幸子は雪子の見合いや妙子の恋愛
事件の後始末などに翻弄され、忙し
い日々を送っている。時には疲れを
覚えて倒れ伏すこともあった。

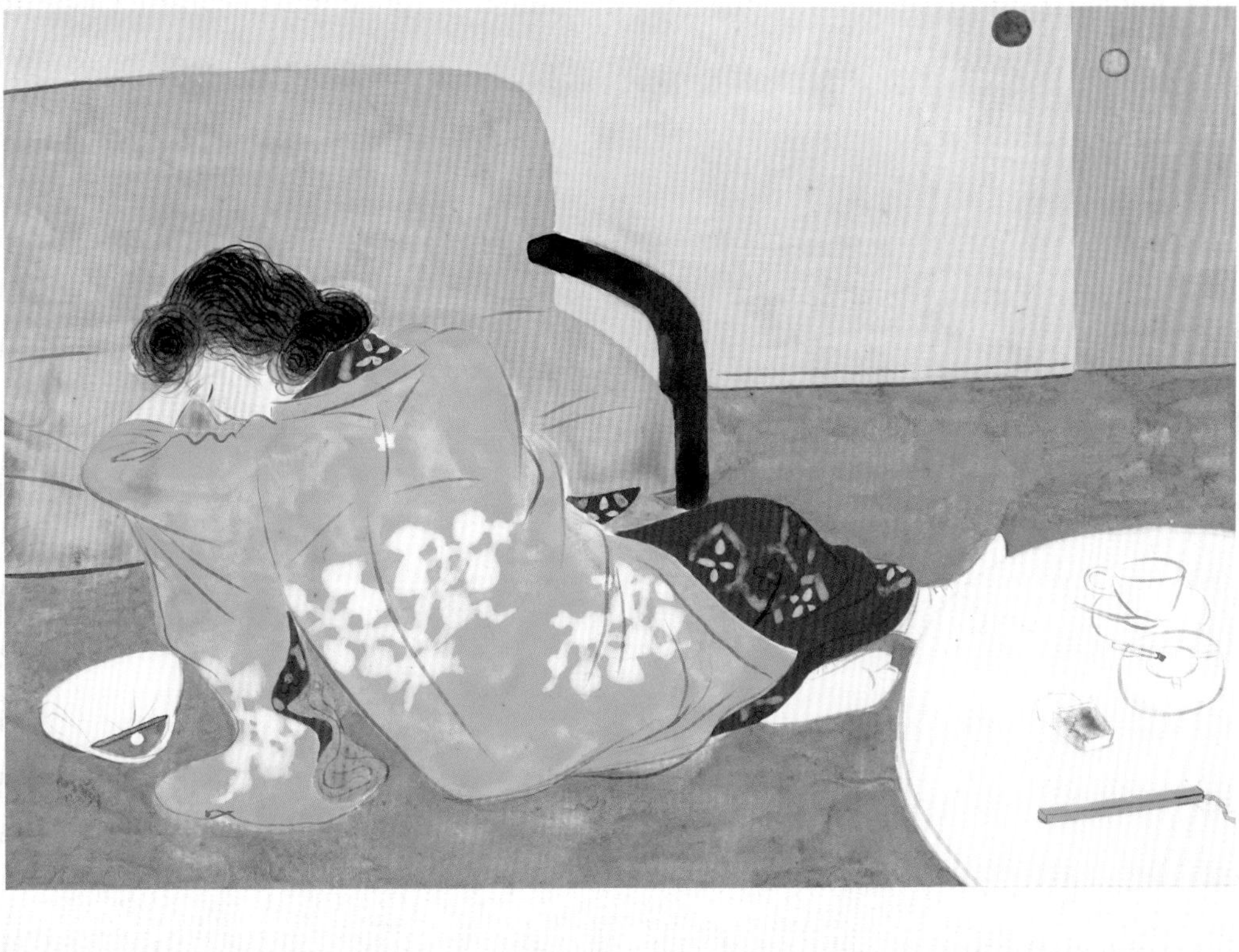

# 田中翼アンティーク着物×谷崎文学『細雪』

## 姉妹それぞれのイメージに合わせて、春と秋を纏う。

淡い暈しの優しいデザインが長女のおっとりとした雰囲気を感じる、芥子の花の着物。蝶が飛ぶ花畑を連想させる帯を合わせて、シックな装いの中にもほんの少し可憐なロマンを感じる装いに。[T]

本家の姉の鶴子にしても、幸子にしても、又本人の雪子にしても、晩年の父の豪奢な生活、蒔岡と云ふ旧い家名、——要するに御大家であつた昔の格式に囚はれてゐて、その家名にふさはしい婚家先を望む結果、初めのうちは降る程あつた縁談を、どれも物足りないやうな気がして断り〳〵したものだから、次第に世間が愛憎をつかして話を持つて行く者もなくなり、その間に家運が一層衰へて行くと云ふ状態になつた。＊

# 田中翼アンティーク着物 × 谷崎文学『細雪』

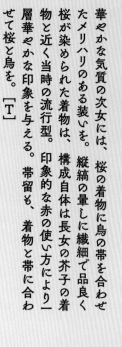

華やかな気質の次女には、桜の着物に鳥の帯を合わせたメリハリのある装いを。縦縞の暈しに繊細で品良く桜が染められた着物は、構成自体は長女の芥子の着物と近く当時の流行型。印象的な赤の使い方により一層華やかな印象を与える。帯留も、着物と帯に合わせて桜と鳥を。［T］

三人ながら派手な色合や模様の衣裳がよく似合ふたちなのであつた。それは衣裳が派手であるから若く見えると云ふのではなくて、顔つきや体つきが余り若々しいために派手なものを着なければ似合はないと云ふのが本当であつた。＊

枝垂れ桜が肩から下がり、その下で御所人形が遊ぶ着物は、はんなりとした見惚れてしまう美しさ。桜の帯、琵琶に桜の帯留を合わせて関西好みな純古典風の装いに。終始お見合いを繰り返す三女・雪子なので、華やかな訪問着を選んだ。［T］

雪子も、見たところ淋しい顔立でゐながら、不思議に着物などは花やかな友禅縮緬の、御殿女中式のものが似合つて、東京風の渋い縞物などはまるきり似合はないたちであつた。＊

自由で進歩的なモダンガールには、軽やかな装いを。昭和初期に一世を風靡した銘仙のチューリップと、アール・デコ調の蝶の帯。桜の花弁をデザインした半衿に蝶の帯留で快活な春爛漫。［T］

乙女時代から好んで波瀾重畳（ちょうじゅう）の生き方をした妹であるだけに、或る時は水害で死に損なつたり、或る時は地位も名誉も捨てゝかゝつた恋の相手に死なれてしまつたり、全く彼女一人だけが、平穏無事な姉たちの夢にも知らない苦労の数々をし抜いて来てゐる＊

田中翼アンティーク着物×谷崎文学『細雪』

長女
鶴子

次女
幸子

春

秋

三女
雪子

四女
妙子

四姉妹の秋の装い。長女には市松が印象的な散歩着を。散歩着は大阪・船場の女性の間で、礼装より少し軽めの洒落着・外出着として、ほんの一時期流行ったと言われる。正統派の落ち着いた柄付けの着物に、雅な織地に刺繍の品のいい帯を合わせたスタイルで本家の奥様らしく。[T]

幸子は自分より又一層気の長い、物を尋ねられると五分も立つてから返答をするやうな本家の姉の、面喰つた顔が眼に見えるやうで可笑しかつた＊

## 田中翼アンティーク着物×谷崎文学『細雪』

矢羽根に秋の植物が細かく染め出された小紋に、市松の染めに南天の刺繍の帯。上品ながら大正ロマンらしいデザイン構成の着物と帯。裕福な芦屋にいる幸子らしさが感じられる装いに。［T］

いつも音楽会と云へば着飾つて行くのに、分けても今日は個人の邸宅に招待されて行くのであるから、精一杯めかしてゐたことは云ふまでもないが、折柄の快晴の秋の日に、その三人が揃つて自動車からこぼれ出て阪急のフォームを駈け上るところを、居合す人々は皆振り返つて眼を欹（そばだ）てた。＊

万年青（おもと）の訪問着に、万年青と菊の帯、万年青の帯留。一年中色を変えない万年青。
大人しいけれど頑固で自分を変えない雪子に共通点を感じて、万年青尽くしに。[T]

けふもまた衣えらびに日は暮れぬ嫁ぎゆく身のそゞろ悲しき＊

モダンなザクロの羽織が目を引く装い。着物はザクロに梨などのフルーツ、帯と羽織、帯留はザクロ、半衿は栗と、秋の味覚尽くし。ファッションを好んだ妙子なので、人とは被らない個性的なアイテムをセレクト。［T］

妙子は近頃は、常にも和服を着てゐることが多いのであつた。彼女は脚の線が綺麗なので、洋服でゐると、却つて少女じみた可愛らしさが感じられるのであつた＊

## 『盲目物語』

戦国時代の美女、お市の方の悲劇的な生涯を、盲目の按摩・弥市が語る物語。弥市は信長の妹・お市の方のそばに仕えていた。音曲にも秀でていたので、歌や三味線で、悲しいことの多いお市の境遇を、いくらかでも慰めようとし、彼女が誰に嫁いでも慕い続けたが、彼女は激しい戦乱の中に散っていく。

谷崎は「妻譲渡事件」と呼ばれる千代との離婚劇のあと、古川丁未子と再婚し、高野山の龍泉院に蟄居して本作の執筆にとりかかるが、のちに松子夫人にあてた手紙の中で「実は去年の『盲目物語』なども終始御寮人様のことを念頭に置き自分は盲目の按摩のつもりで書きました」（昭和七年［一九三二］九月二日付、谷崎松子『倚松庵の夢』昭和四十二年［一九六七］、中央公論社）といっている。再婚活動中も丁未子との新婚生活中も、谷崎にとって最も心をしめていたのは、松子だった。人妻であり、かつては高嶺の花とあきらめていた松子と思いがけず接近してゆく中で、執筆された物語である。

口絵

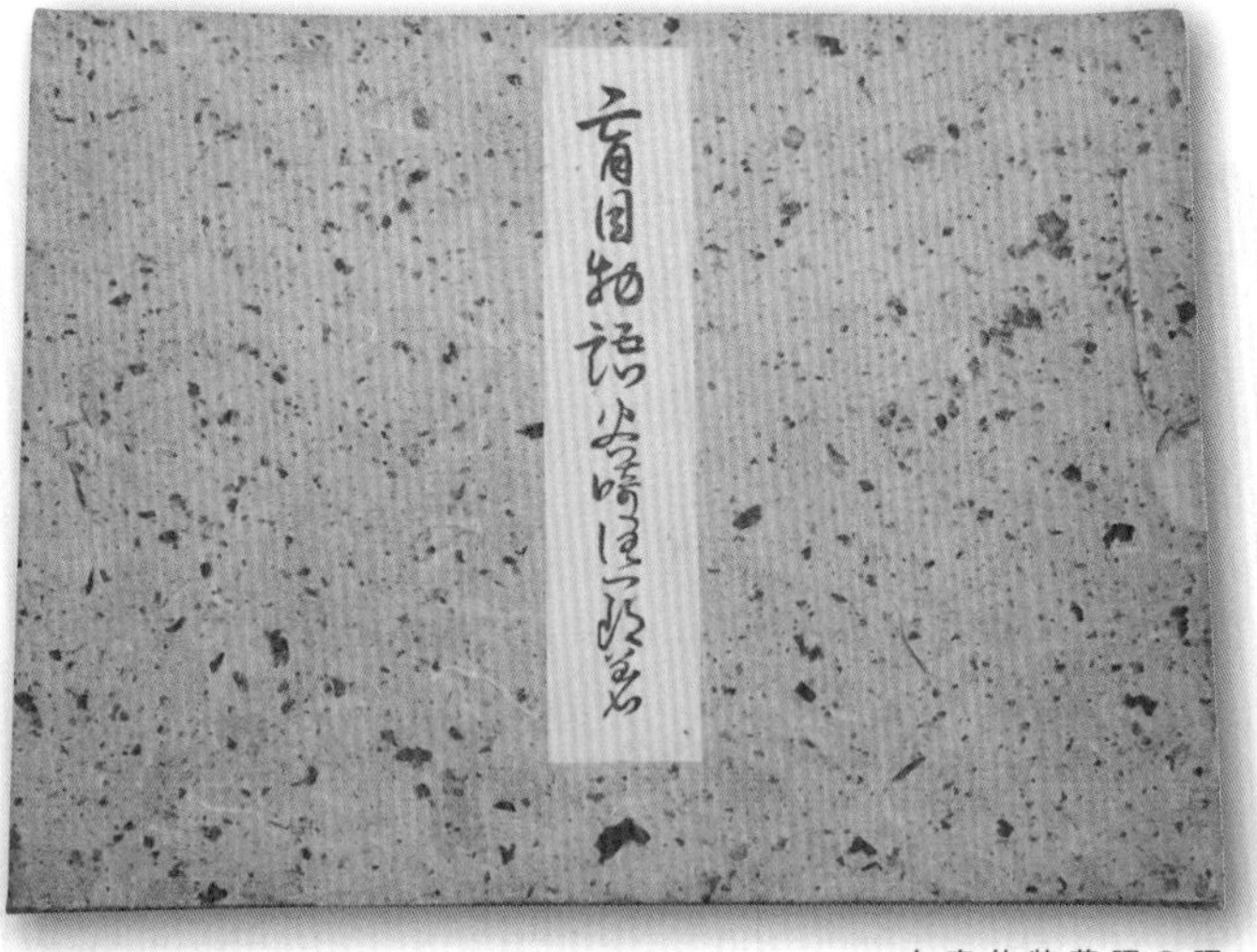


昭和七年／中央公論社
（初出は『中央公論』昭和六年［一九三一］九月号）
芦屋市谷崎潤一郎記念館蔵
装幀の題字の執筆を松子に依頼し、口絵となった北野恒富によるお茶茶の絵のモデルも松子だということである。

### 北野恒富　きたの・つねとみ

**明治十三年（一八八〇）～昭和二十二年（一九四七）**

日本画家。はじめ新聞の版下彫刻に従事し、明治三十年（一八九七）に画家を志し大阪に移る。新聞小説の挿絵画家として名を馳せ、明治四十三年（一九一〇）、第四回文展で初入選。大正三年（一九一四）の第一回院展以降は同展を中心に活躍。妖艶で退廃的な女性像で「画壇の悪魔派」と称された。小説挿絵や商業ポスターも多数制作した。

大正十年（一九二一）に描かれた第八回院展出品作「茶々殿」は、当時根津清太郎夫人であった松子の顔を参考に描いたとされる。松子は恒富から絵を習っていた。谷崎はこの絵を好み、昭和七年刊行の『盲目物語』に口絵として掲載された。恒富は昭和五年に『乱菊物語』が新聞連載された際の挿絵を担当したほか、『蘆刈』などの挿絵も描いている。

# 『蘆刈』

『改造』昭和七年(一九三二)十一、十二月号掲載

臈たけた上臈のような美人のお遊様への思慕を夢幻能の形式で語る物語。夢幻能とは、霊的な存在である主人公(シテ)が、名所旧跡を訪れる僧侶(ワキ)などの前に出現し、土地にまつわる伝説や身の上話をする形式の能であるが、ここでは山崎から水無瀬の宮跡にかけての土地で、蘆の間から現れた男がシテとなって、お遊様という女人への思慕を語り、それをワキである「私」が聞き伝えている。

谷崎は、当時まだ「根津夫人」だった松子にあてた手紙に「女主人公の人物は勿体なうございますが御寮人様のやうな御方を頭に入れて書いてゐるのでござります」(昭和七年十一月八日付、谷崎松子、前掲書)と書いている。いつまでも、手の届かぬ夢幻の彼方にあって欲しいという、谷崎の松子に対する願望が、この物語に込められているのであろうか。

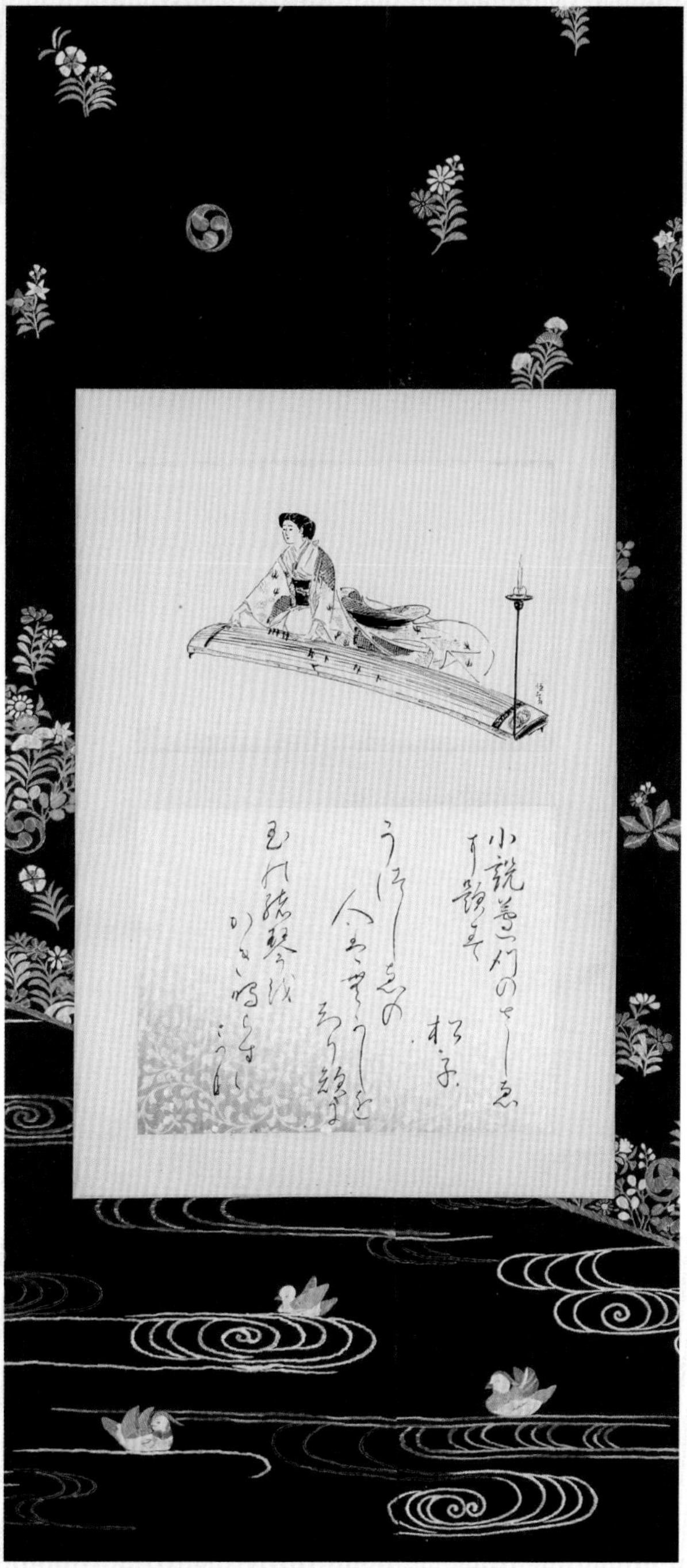

**谷崎松子賛・北野恒富画『小説蘆刈の挿絵に題す』**

昭和時代　縦 121.0 × 横 44.1cm　八幡市立松花堂美術館蔵
下の書は、モデルとなった松子の自筆歌で、表装は松子の着物によるもの。

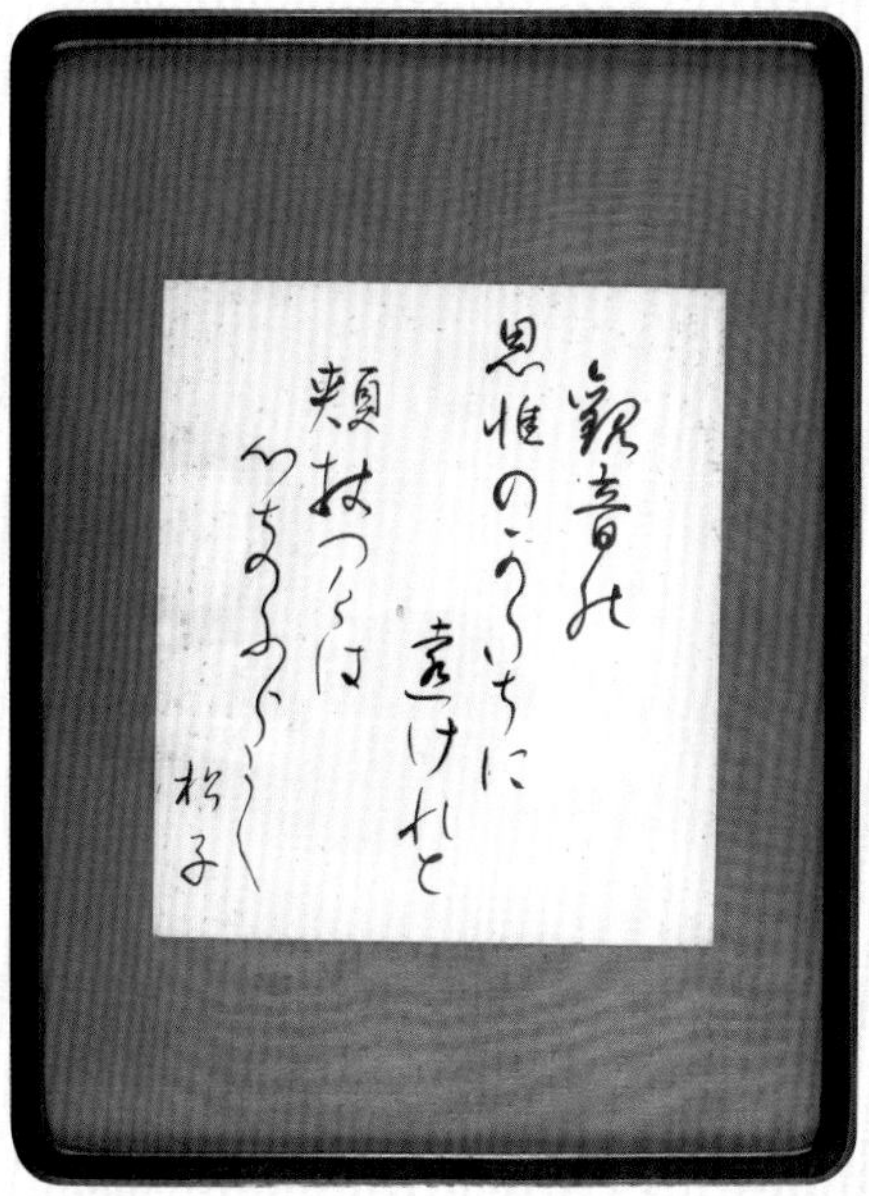

**松子が書いた色紙**

松子が自作のうたを書いた色紙。読みは「観音の思惟のかたちに遠けれど　頬杖つけば心しのぶらし」。意味は、以下のようなもの。「頬杖をして考え事をしているような観音様……仏様がどんなお考えでいらっしゃるのかわからないながら、真似て頬杖をついてみると、なんだかお心が見えてくるような気もします」夕顔コレクション蔵

# 『鍵』

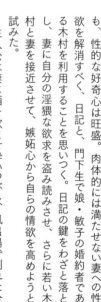

『鍵』
昭和三十一年(一九五六)／中央公論社
(初出は『中央公論』昭和三十一年新年号、五〜十二月号)
装幀・棟方志功
弥生美術館蔵

大学教授の主人公は年齢からくる精力の減退を感じつつも、性的な好奇心は旺盛。肉体的には満たせない妻への性欲を解消すべく、日記と、門下生で娘・敏子の婚約者である木村を利用することを思いつく。日記の鍵をわざと落とし、妻に自分の淫猥な欲求を盗み読みさせ、さらに若い木村と妻を接近させて、嫉妬心から自らの情欲を高めようと試みた。

主人公は妻に酒を飲ませ酔いつぶし、風呂場で倒れた全裸の妻の介抱を木村に手伝わせる。古風な貞操観念を持ち、暗闇でしか裸にならなかった妻の裸体の美しさに感激する主人公。昏睡した妻の裸体写真を撮り、その現像を木村にさせる。策略は成功し木村と妻は怪しい関係になっていく。性に消極的なふりを装いながらも淫蕩であった妻は、実は主人公を騙し、木村と積極的に不倫をしていたことがのちに明かされる。木村と妻の接近には、敏子も関与していたようである。陰険なこの娘が何を考えているか、主人公にはわからない。

過度の房事のため、主人公は脳溢血を起して亡くなるが、それは妻のたくらみだったのか。

本作は発表当時、国会の法務委員会で猥褻物に当たらないかと問題になったが、西欧では広く読まれ、高齢者の性を題材にした作品の嚆矢(こうし)として高く評価された(36頁)。

## 棟方志功 むなかた・しこう

**明治三十六年(一九〇三)〜昭和五十年(一九七五)**

大正十三年(一九二四)、画家を志して上京。油絵を独学し、昭和三年(一九二八)帝展に初入選。川上澄生の版画に感銘を受け、平塚運一に木版画を学び板画家へと転向。昭和十一年(一九三六)の国画会出品作「大和し美し」が、柳宗悦らに注目された。戦後、国際美術展で相次いで受賞し、世界的に有名になった。昭和二十一年(一九四六)に再刊された『痴人の愛』の装画に始まり、昭和三十一年(一九五六)の『過酸化マンガン水の夢』、『鍵』、昭和三十五年(一九六〇)『夢の浮橋』、昭和三十七年(一九六二)『瘋癲老人日記』など、棟方志功は数多くの谷崎作品の装幀・挿絵を手掛けた。棟方は「谷崎歌々板画柵」といった、谷崎作品を題材とした作品も制作した。二人は互いの住居の表札の揮毫もしている。

妻は、酔いで意識を失っている最中、夫に隈なく裸体を見られていることに気づいていながら、気づかないふりを装った。しかし夫が腹の上に眼鏡を落としたとき、「はっ」と目をしばたたいてしまった。

## 『鍵』より 挿絵・棟方志功

弥生美術館蔵

主人公は興奮しすぎて、血圧があがり、卒中を起した。

主人公は寝たきり状態となるが、うわごとでしきりに日記のことを言う。

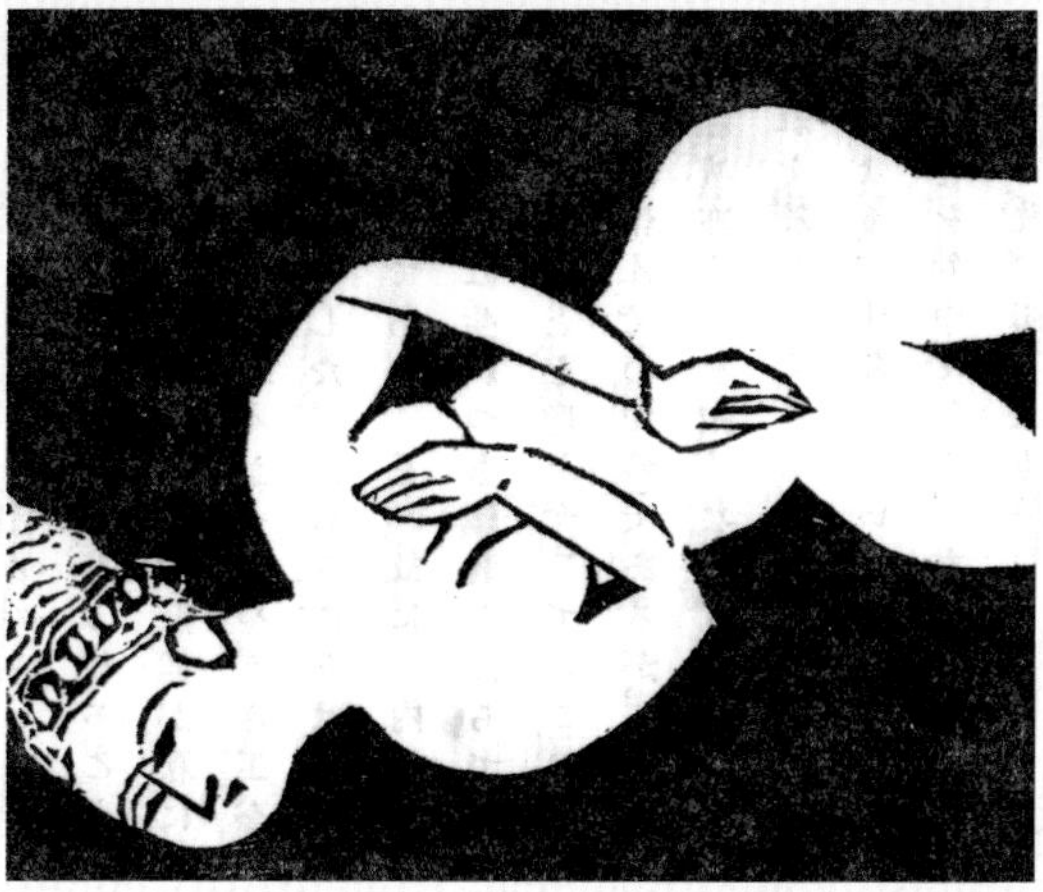

主人公はついに亡くなった。夫を過度の房事に追い込んで死に至らせようという妻のたくらみだったのだろうか……。

若い木村を妻に接近させようと、たくらむ主人公。

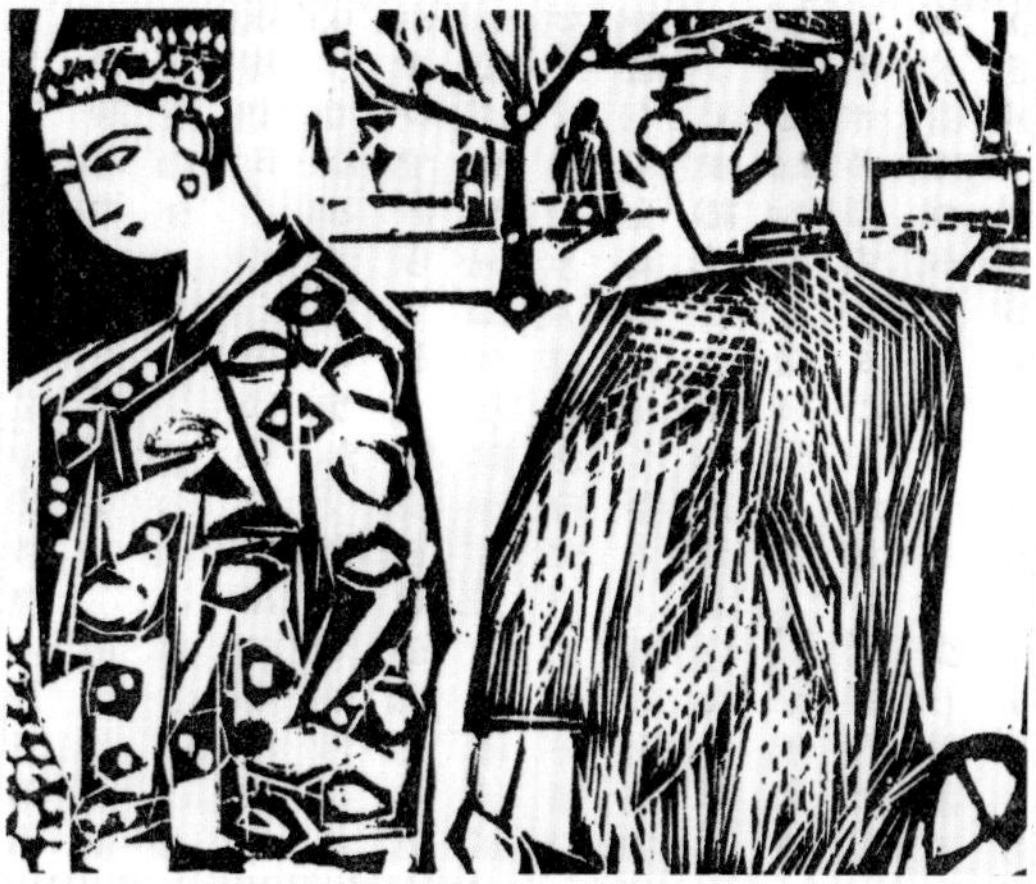

妻は夫の観念的性欲が旺盛なことにとまどうふりをしているが、実は自身が相当に淫蕩なのであった。

妻と木村の関係をめぐり、主人公は娘の敏子と口論になる。

# 田中翼アンティーク着物×谷崎文学『鍵』

## 大人の色気を感じさせる、戦後のシックな着物。

放射上に広がる円がシュールな鷺の着物に、西洋更紗柄の袋帯。水面に立つ鷺、という情感豊かな姿を端的に表現した秀逸なモダンデザインの着物。帯留や半衿も曲線を意識してセレクト。[T]

僕ガ妻ヲ抱キ起シテ、長襦袢ノママデ木村ノ背ニ乗セ、ハンガーノ着物ト羽織ヲ外シテ上カラ着セタ。［中略］ブランデーノ匂ガ襦袢ヤ衣裳ニ浸ミ通ッテキテ車ノ中ガ噎(む)セ返ルヤウダッタ。＊

田中翼アンティーク着物 × 谷崎文学『鍵』

トランプ柄の臈纈（ろうけつ）染めという珍しい単衣に、抽象絵画のような塩瀬の帯を合わせて。この着物は違うが、戦前にはピカソやカンディンスキーに着物のデザインを依頼した、という記録もあるという。アートの影響がいかに強かったかがわかるエピソードである。［T］

気ガ付イテ見ルト、僕ノスグ前ヲ行ク彼女ノ左右ノ耳朶カラ、真珠ノイヤリングガ垂レテヰル。和服ニカウ云フモノヲ着ケル趣味ヲイツカラ彼女ハ覚エタノデアルカ。＊

クレーやミロなど抽象表現主義の作品を思わせる着物と帯。戦後、昭和三十年代頃は着付けも以前より半衿を出さず衣紋も抜かないスタイルに変化し、袖も短くなる。洋服の需要が増える中で、着物にもより動きやすさが求められた。［T］

近頃ハ和服ヲ洋服ノヤウニ着コナスヿガ流行ルヤウダガ、妻ハ反対ニ、洋服ヲ和服ノヤウニ着テヰル。〔中略〕体ノコナシガ、手ノ持ッテ行キヤウ、足ノ運ビヤウ、頸ノ振リヤウ、肩ヤ胴ノ動カシヤウ等々ガ、スベテ和服流ニシナ〳〵シテヰテ締マリガナイ。シカシ僕ニハ又、ソノナヨ〳〵トシテ締マリノナイ体ツキ、不細工ニ歪ンデヰル脚ノ曲線ガ変ニナマメカシク感ジラレタヿモ事実デアル。＊

# 特集　谷崎と着物

## 独創性を求めて

本書で紹介してきた谷崎作品からは、彼の着物へのこだわりを随所に見ることができる。『神童』（第一章）には、着物をよすがとして美意識を育ててゆく少年が登場した。『蓼喰ふ虫』（第二章）の主人公は、自分の着物や持ち物にとことんこだわる男。『痴人の愛』（第四章）の主人公は、オーソドックスな着物にあきたらず、洋風・中国風を取り入れた新感覚の着物を考案して愛人を飾る男であった。

実際谷崎は、着物に深い思い入れを持っていた。『秘密』（『中央公論』明治四十四年［一九一一］十一月号）という作品から主人公の独白箇所を紹介しよう。

「一体私は衣服反物に対して、単に色合ひが好いとか柄が粋だとかいふ以外に、もつと深く鋭い愛着心を持つて居た。女物に限らず、凡べて美しい絹物を見たり、触れたりする時は、何となく顫ひ附きたくなつて、丁度恋人の肌の色を眺めるやうな快感の高潮に達することが屢々であつた。殊に私の大好きなお召や縮緬を、世間憚らず、恣に着飾ることの出来る女の境遇を、嫉ましく思ふことさへあつた」。

女性美の追求という谷崎文学のテーマにおいて、着物の色、質感、手触りなどは、女性たちの身体と不可分なものとして、またヒロインのキャラクターの表現として重要な役割を果たした。

小説は、人物の心理、人物と人物の関係性を縦糸としながら、そこに風景や時代背景で彩りをつけるのであるが、谷崎文学においてはその彩りとして着物がよく用いられた。特に第五章で取り上げた『細雪』は、戦前の裕福な姉妹の日常を描く中で、彼女たちの興味の大半は着るものに向けられていた。その後は、食べることにも事欠く厳しい時代が始まり、『細雪』の世界は、過ぎ去った楽園の日々として、人々の憧憬をかきたてた。また着物を愛する女性の間でバイブルのように読まれ続けてきた作品でもあり、何度も映画化され、豪華、華やかな女優の衣裳が話題になった。

ところが彼は必ずしも贅沢な着物が良いと思っていたわけではないようだ。『縮緬とメリンス』（『婦人公論』大正十一年［一九二二］七月号）という随筆には、次のようにも書かれている。

「少しハイカラな意匠を施したりしたのは、金紗よりもメリンスの方が却て品がよく、一層新しい感じがする。それは何分にもお召や縮緬は昔から日本にあるものだから、――たとへ金紗のやうに多少織り方は違つて居ても、――地質そのものに古いと云ふ感じが附き纏つてゐるせゐかと思ふ。余り奇抜な色や模様を施したのは、金紗などだと徒らに人を眩惑させるばかりで、『贅沢だ』と云ふ気持ちの方が先に立つて、や、ともすると下品にさへ思はれる。［中略］斬新な柄や色合を独創するにしても、金紗だとどうしても成金くさく下品になつて思い切つた事はやれないが、メリンスならイヤ味でなくやれる」。

縮緬は高級な絹地であり、メリンスはモスリンともいうが羊毛で作られた比較的安価な布で、金額的な差はかなりある。ハイカラな意匠を表現するには、金紗よりメリンスのほうが適しているからというように、谷崎が重視していたのは、豪華、贅沢より、むしろ「独創性」だったのだろう。さらにメリンスの着物なら、腕環、頸飾、耳飾、指輪とも相性が良いと続け、その頃の日本女性にとっては新ファッションだった洋装のアクセサリーを、着物に取り入れてみることを提案している。

新しい文学、新しい芸術の創造に精進し続けた谷崎は、着物においてもまた独創的な文様や着こなしを求めた。それは、自らの手で新しい価値を作り続け、倦むことを知らなかった谷崎らしい着物観といえるだろう。

昭和二十四年（1949）頃の谷崎。写真提供：芦屋市谷崎潤一郎記念館

# 谷崎ゆかりの品

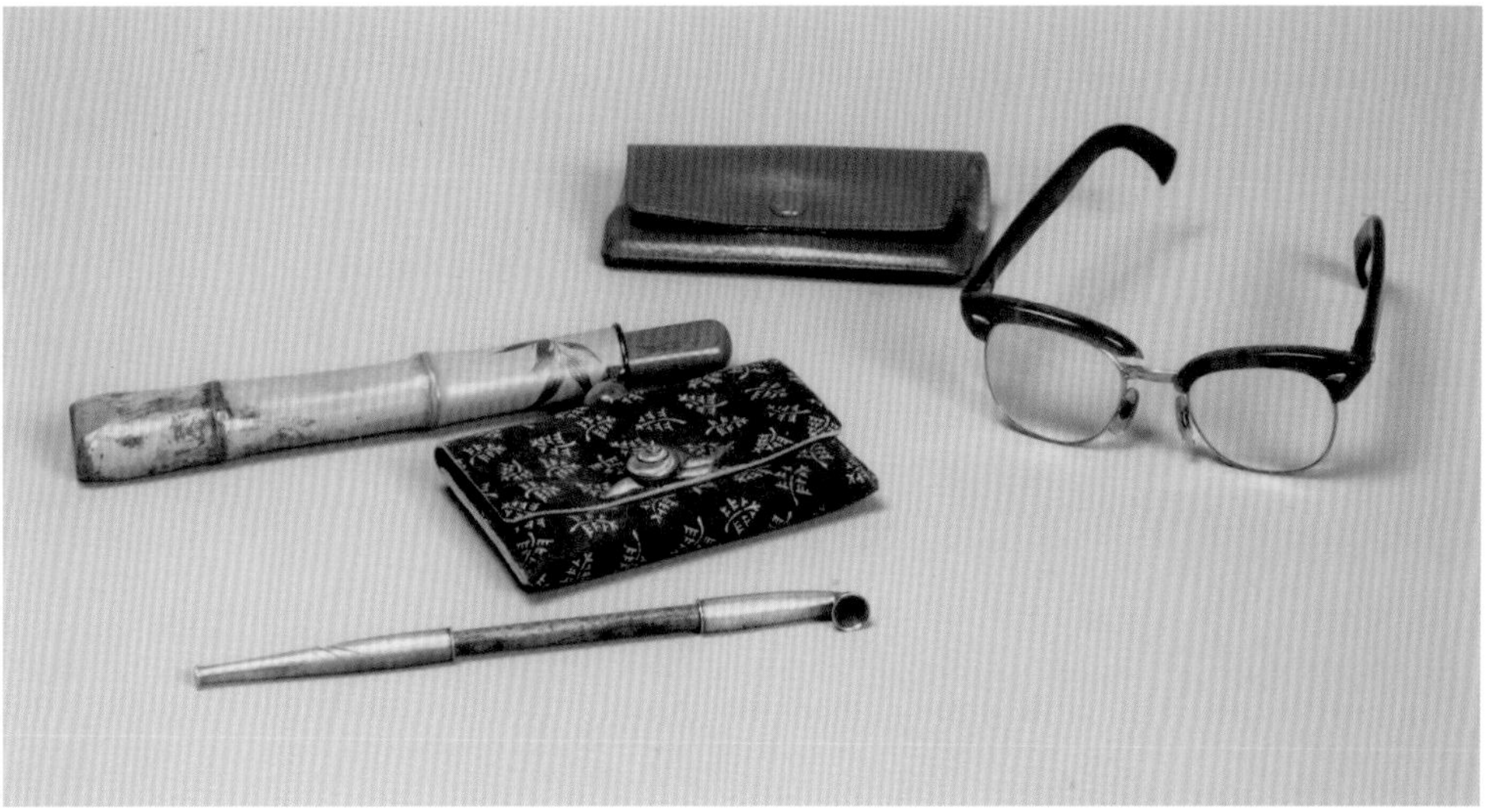

眼鏡
きせると煙草入れ
芦屋市谷崎潤一郎記念館蔵

甚平
芦屋市谷崎潤一郎記念館蔵

マント
芦屋市谷崎潤一郎記念館蔵

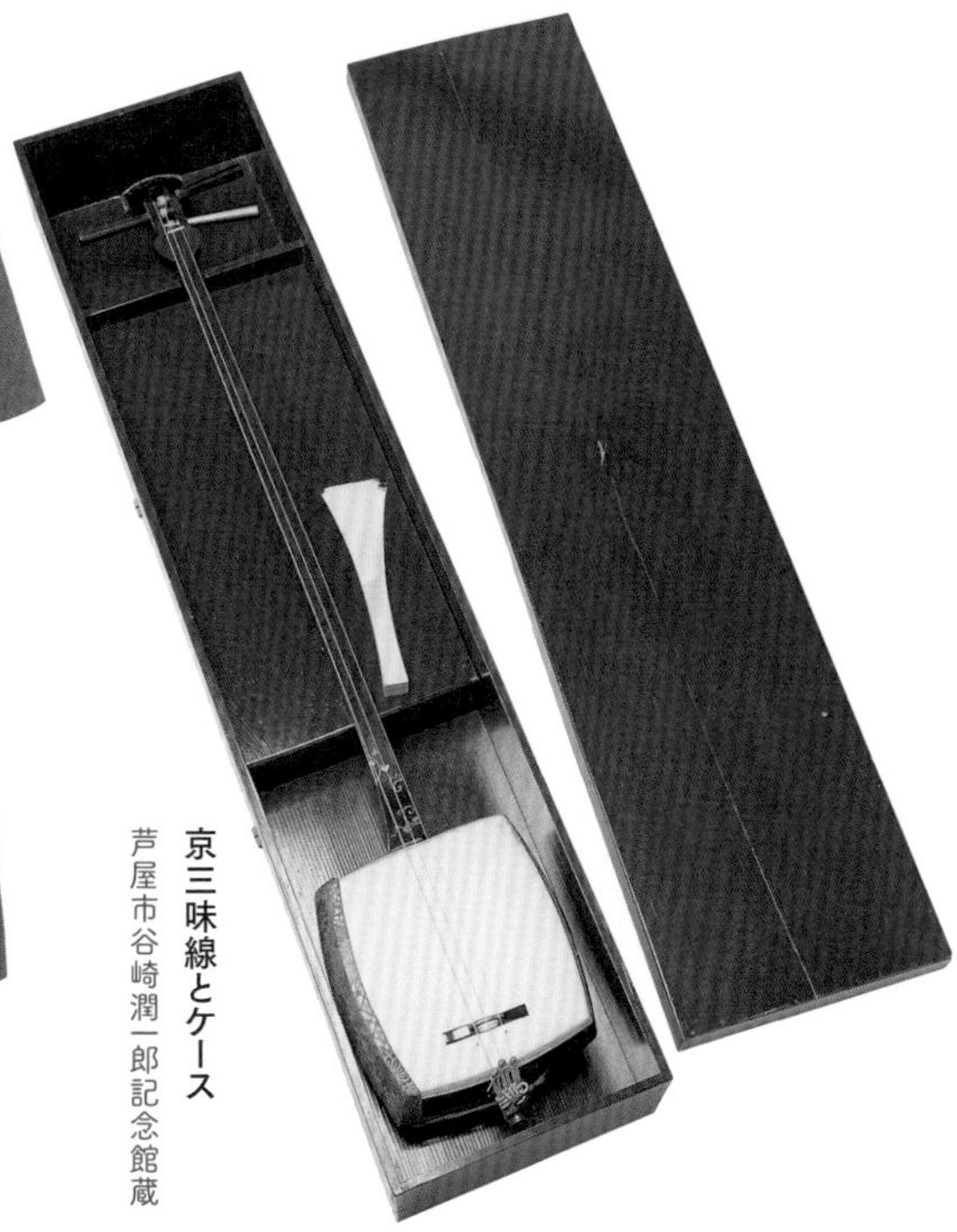

京三味線とケース
芦屋市谷崎潤一郎記念館蔵

# 谷崎の長襦袢

「見猿 聞か猿 言わ猿」長襦袢
上原誠氏蔵

## 大津絵が描かれた長襦袢

上原 誠

平成三十一年（二〇一九）二月、文豪・泉鏡花の生家（石川県金沢市）の近くで、これらの長襦袢と出会った。運命だったのかもしれない。友禅の大津絵の鱠が描かれた長襦袢の美しさに、一瞬で、心を奪われた。谷崎潤一郎の愛蔵品と知ったのは、少しあとのことである。鏡花が文壇界で絶頂を迎えた頃、谷崎は、新聞社の催しで、鏡花と初対面している。以来、家族ぐるみの交流が続き、谷崎の長女・鮎子の結婚の媒酌人は、鏡花であった。

二枚の長襦袢は、谷崎文学に傾倒し、大津絵の研究家でもあるクリストフ・マルケ氏（フランス国立極東学院院長）らの令和元年（二〇一九）十月の研究会で披露され、NHK地方局の番組で放送された。「見猿 聞か猿 言わ猿」の緑色の長襦袢は、大津絵を再興させた篆刻家・楠瀬日年（明治二十一年［一八八八］～昭和三十七年［一九六二］）の作品の写しで、紙以外に描かれている例は、稀有ということだった。

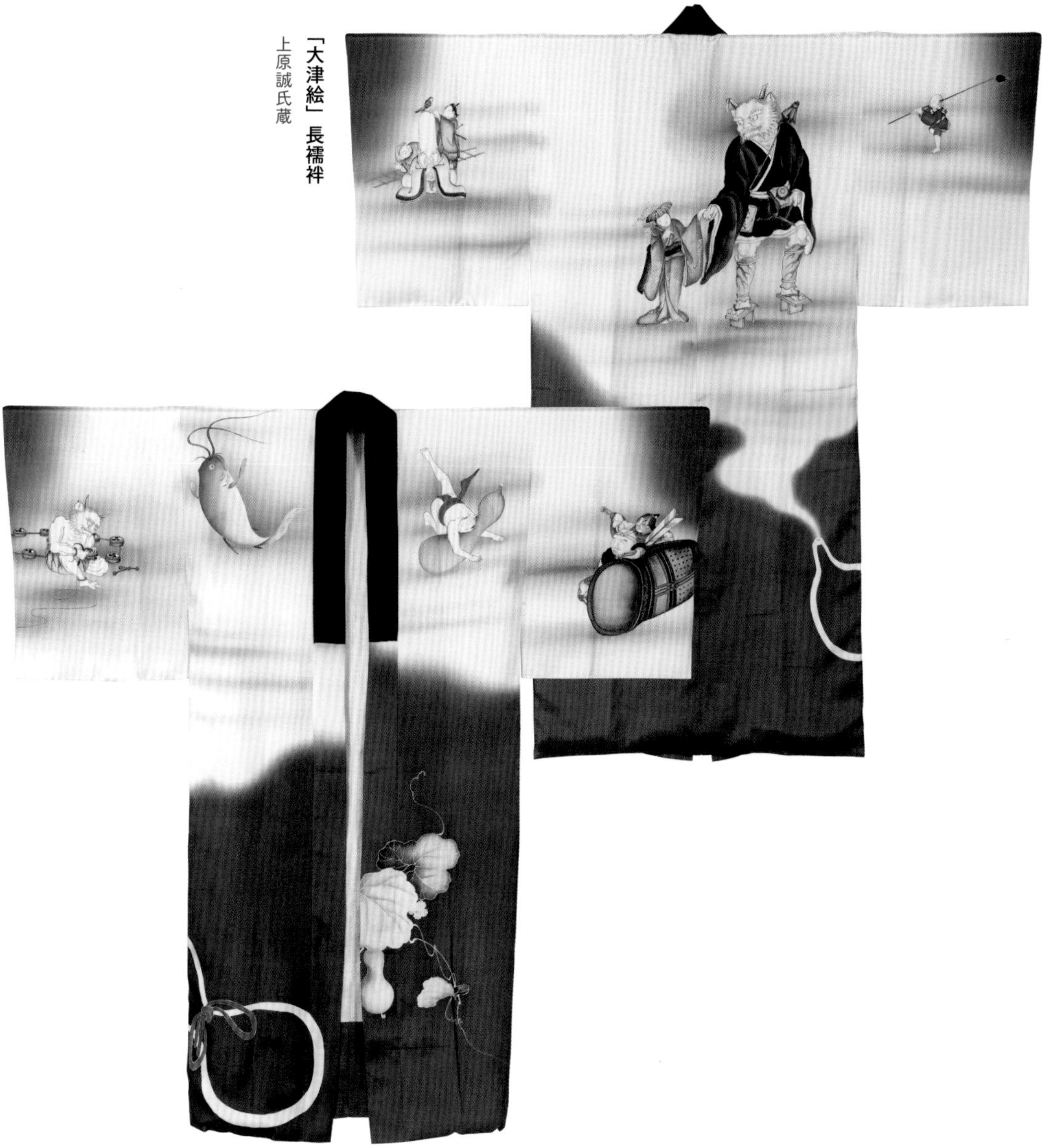

「大津絵」長襦袢
上原誠氏蔵

一方の瓢箪や鯰など大津絵の代表的な絵柄の長襦袢は、谷崎の養女・恵美子の口述のメモ書きから、谷崎が『細雪』を執筆していた昭和初期頃に愛用していた様だ。注目する点は、『細雪』（下巻）に、禅語の「瓢箪鯰」や「藤娘」という大津絵の絵柄と同じ語彙が用いられていることだ。芦屋市谷崎潤一郎記念館は、「確証はないが、瓢箪鯰という語彙は、谷崎作品に珍しいため、インスピレーションを受けたのかもしれない」とコメントしている。

中国では、古来、「鯰」を「鮎」と書いた様である。谷崎は、この長襦袢に、長女・鮎子への思いを巡らせたのかもしれない。長襦袢は、谷崎から、養女・恵美子の夫で、能楽観世流の能楽師・観世栄夫に譲られた。しかし、元来は、『細雪』の次女・幸子のモデルとなった谷崎の妻・松子（養女・恵美子の実母）の父で、藤永田造船所（大阪）専務の森田安松の所蔵品だった様だ。

## 『神と人との間』

『婦人公論』大正十二年(一九二三)一月～十三年(一九二四)十二月号掲載

添田と穂積は、親友同士であるが、二人とも朝子に惹かれ、結局添田が結婚した。しかし、添田は新婚当初から女性関係や金銭のことで朝子を苦しめ続けた。穂積は朝子の惨状を見るにつけ、添田に譲ったことを後悔し、思いはさらに深まっていく。添田は「朝子を慰めてくれ」と穂積に言い、二人の仲をたきつけるようなことまでするが、朝子を譲る気があるのか無いのか、はっきりとしない。朝子もまた、穂積を頼りにし、惹かれている様子を見せながら、一方では添田の貞淑な妻に徹しようとしているようでもあり、はっきりしない。そんな夫婦との間で穂積は苛立ち、翻弄され、悲嘆にくれながらも、その苦しみを題材にした作品で、文学者としての頭角を現し始める。

添田は谷崎、穂積は文学者の佐藤春夫、朝子は谷崎の最初の妻・千代がモデルで、春夫(穂積)の目線によって語られるのが、この作品の特異なところである。読者は読むうちに、この作品が春夫によって書かれたもののような錯覚に陥るに違いない。しかし実際は谷崎が書いたのである。谷崎が春夫になりきって、物語の推移と心境を語るというスタイルなのだ。絶交中の相手になりきるという発想が奇抜だが、そこがまた、谷崎ならではの妙な魅力である。

### 『神と人との間』より 挿絵・中川修造

『現代長篇小説全集八』昭和四年(一九二九)／新潮社
日本近代文学館蔵

添田は女優の幹子に熱をあげ、二人でダンス場通いをしている。穂積はダンス場を覗き、その様子を朝子に伝える。

「外へ出ると云ひやうのない不快な気持ちにさせられてゐるのを感じた。
憎らしいのは添田である。が、朝子の心にあるものは添田に対する愛ばかりで、この哀れな『穂積』と云ふ男の事は微塵も思はれてゐないのだとすれば、――それは今夜の素振からでも疑ふ余地はないのだが、――今更添田を恨む筋などはないのである」(↓)

添田が襖の陰から二人を覗いている。
「『やあ、君たちは姦夫姦婦か、』と、添田は足をよろよろさせながら大声で云つて、ゲラゲラ笑つた」

# 『瘋癲（ふうてん）老人日記』

昭和三十七年(一九六二)／中央公論社
(初出は『中央公論』
昭和三十六年[一九六一]十一月号〜三十七年五月特別号)
装幀・棟方志功
弥生美術館蔵

主人公は七十七歳の老人で、息子の嫁の颯子に魅力を感じている。颯子は残虐な雰囲気を持つ手足の美しい女性。老人は家族の目を盗んで颯子にまつわりつき、邪険にされて泣き真似をしたり、平手打ちをくらったりしながら、毎日を過ごしている。性的能力はすでに無く、マゾヒスティックな性向を持つ老人にとって、これが現在のセクシャルな楽しみなのだ。自らの墓石を用意するにあたって、老人は颯子の足の仏足石を作ろうと、足の拓本をとった。颯子の足の下に埋められ、永遠に踏まれ続けることが彼の願いだ。

執筆完成時の谷崎は七十七歳で、老人の年齢と同じであった。颯子のモデルは、松子夫人が前夫との間にもうけた息子・清治の妻・千萬子で、谷崎は彼女を気に入り、彼女の足裏の拓本も取らせた。作中、颯子は踊り子だったという設定になっているが、実際の千萬子は画家・橋本関雪の孫娘であり、お嬢様育ちの女性である。颯子は、確かに千萬子からイメージを触発されたのかもしれないが、むしろ、谷崎が若い頃にモデルとした初やせいの血を濃く引き継いだヒロインと言えるだろう。

「私は私の崇拝するあなたに支配されるやうになることを寧ろ望んでゐる者です[中略]私はむしろ鋭利な刃物でぴしぴし叩き鍛へてもらひたいのです」(昭和三十四年[一九五九]二月十五日、『谷崎潤一郎＝渡辺千萬子往復書簡』平成十三年[二〇〇一]、中央公論新社)。

谷崎が千萬子にあてた手紙は、そのマゾヒスティックな嗜好が晩年になっても衰えなかったことを示している。谷崎は昭和四十年(一九六五)に没したが、今もあの世で「泣キナガラ予ハ『痛イ、痛イ』ト叫ビ、『痛イケレド楽シイ、コノ上ナク楽シイ、生キテヰタ時ヨリ遥カニ楽シイ』ト叫ビ、『モット蹈ンデクレ、モット蹈ンデクレ』と叫」んでいるのだろうか？(カタカナ交じり文は本書からの引用)

**谷崎の遺品**

谷崎は晩年、右手の痛みに悩まされ真夏でも手袋を着用していたという。一部の手袋は『瘋癲老人日記』の颯子のモデルとされる千萬子が編んでいた。芦屋市谷崎潤一郎記念館蔵

# 田中翼アンティーク着物×メリンス

最新のカジュアルな素材として重宝されたメリンス（モスリン）。比較的安価に量産できたので実験的な柄が作られた。着物はトランプで、帯は楽譜の柄。モスリンはウールのため劣化しやすく、完全な状態で残っているものが少ない。［T］